「哼哼～～♪打掃，打掃～～♪」
U0045625
綿苗結花（學校）
樸素不起眼的同班女生。
這次終於要把以前隱瞞的
事實告訴旁人……？
【好消息】
我的不起眼未婚妻在家有夠可愛。
6

返鄉的新幹線上……
「不用擔心，我會好好陪著你。
所～以～～……
我們一起笑著去拜年吧？」

體育倉庫裡……
「我問勇海，有什麼學校的情境
能讓喜歡的人心動，結果她說
要在體育倉庫**和對方獨處**……」

野野花來夢
遊一國中時代的
同班同學。
「黑歷史」的真相終於
要在她家經營的
咖啡館揭曉……？

「欸，如果不介意，要不要一起
喝杯茶？我**想多聽聽**妳的事情。」

「因為我也是……
全世界最愛小遊！」

「希望不管今年、明年、後年——
我都能一直……
和小遊
笑著在一起……」
綿苗結花（家裡）
遊一的未婚妻。
雙方家人終於齊聚一堂，
正式打招呼！

【好消息】

我的不起眼未婚妻在家有夠可愛。

My Plain-looking Fiance is Secretly Sweet with Me.

6

Kadokawa Fantastic Novels

彩頁、內文插圖／たん旦

c o n t e n t s

第1話　把聖誕禮物交給未婚妻，結果招致意想不到的事態……

——白色聖誕後又過了一晚，十二月二十七日。

我坐到餐桌前，茫然看著躺在沙發上的結花。

我們家聖誕節發生了很多事，在一陣忙亂中度過。

我從結花手上收到了「親手織的手套」，但我沒機會交出自己的禮物。

所以相對地——我在翌日，下著雪的陽臺上。

把晚了一步的聖誕禮物交給她。

這讓結花的情緒一下子沸騰到最高點，開心地嬉鬧著說：「白色聖誕後快樂！」

歷經一番波折，今年的聖誕節也就在這溫馨的氣氛下落幕了。

……本來應該是這樣。

「嘿嘻嘻。好溫暖喔，小游～～……」

結花今天也在大好評嘿嘻。

她戴著我送的「保暖耳罩」，心情大好地擺盪著雙腳。

明明待在家裡，結花卻從昨天就一直不拿下耳罩。我還是第一次看到有人把「片刻不離身」這句話身體力行到這個地步。

無論吃飯的時候、上廁所的時候，還是睡覺的時候。

雖然洗澡時總會拿下……但一出來就又會立刻戴上。

已經到了說是和耳罩共生也不為過的程度。

「欸，哥，小結要戴那玩意兒到幾時？」

那由露出狐疑的表情發著牢騷。

那由平常和老爸一起在海外生活，為了聖誕派對回國，在我們家悠哉地住個幾天。

結果她就看到大嫂被耳罩支配啊。

她當然會在意了。

「遊哥……那玩意兒，就沒有什麼辦法嗎？」

接著換勇海一臉嚴肅地訴說。

勇海也和那由一樣是為了參加聖誕派對而來到東京，在我們家住幾天。

結果就看見親姊姊的心被耳罩奪走。

她當然會擔心了。

「結花除了洗澡以外，都一直戴著那玩意兒。遊哥，你怎麼看？」

「我覺得就是過火了。」

「是說，一直戴著那個很熱吧。」

「就因為那玩意兒，我覺得結花的臉比平常紅……是中暑？還是什麼病？啊啊，要是結花真的出了什麼毛病，我該怎麼辦……」

「哥，有沒有辦法拿下那玩意兒？不然小結會死，真的。」

「求求你，遊哥，請你從那玩意兒的魔掌中救出結花！」

「……呃，妳們的心情我是能體會啦。可是妳們兩個可以不要把我送的禮物說得像是什麼詛咒的裝備嗎？」

又不是跑出什麼系統訊息顯示：「詛咒導致無法從身上卸下耳罩！」

被當成這種魔鬼的道具，送的人會沮喪啦。

不過話說回來，對象可是結花。

要是就這麼置之不理，難保她不會就這麼一直戴著耳罩生活好一陣子。

到時候我也會變成另一種解釋的「談戀愛的死神」吧……

「結花，我說啊——」

「嗯？什麼事呀，小遊！」

我實在看不下去，叫了結花。

結花捧著耳罩，露出怡然的笑容。

她露出這樣的表情，讓我實在不好啟口，可是……畢竟事關她的性命，以及耳罩的尊嚴。

「結花，妳收到我送的禮物這麼開心，我很高興喔。」

「嗯！好開心！我一輩子都不會放手！」

「嗯，高興是高興啦，只是……一直戴著的話，總覺得對身體會有不好的影響。差不多該拿下——」

「呀啊啊啊啊！小遊！要拆散我和小遊嗎～～～～！」

我還沒說完，她就說出這種莫名其妙的話。

接著用力按住耳罩，跟我拉開距離。

然後高高鼓起臉頰。

「不要。」

「我還是問一下……為什麼？」

「因為我現在一～直和小遊黏在一起耶。可是，小遊卻要拆散我和小遊——就算是小遊，我也不許！」

「………啊啊，該不會是耳罩戴太久，腦子熱當機了？」

「才不是！」

我說得挺認真的，但結花嘛起嘴否認。

「因為這副耳罩……是小遊在白色聖誕後送給我的最棒的禮物耶。這不就像是小遊的分身嗎？然後，既然是小遊的分身——想也知道我就會想一～～直戴著嘛！」

「這什麼三段論法……妳知道自己在主張多麼莫名其妙的事情嗎？」

結花是從什麼時候開始把耳罩錯以為是我的分身啊？

「結花！不可以戴著這種東西！」

我和結花還在爭論，勇海已經猛然撲向結花。

但結花手按耳罩，以敏捷的動作閃開。

「勇海妳做什麼？就算是妹妹，也不許妳拆散我和小遊！」

「結花……那不是小遊，就只是個怪物。」

怪物咧。

「小結，連我都要說勇海說得沒錯。那是會讓妳產生邪惡之心的汙穢的寶藏，真的。」

汙穢的寶藏咧。

被兩個妹妹說得一文不值，讓我有點想哭。

至於被兩人再三叮嚀的結花——

「真是的！小遊和勇海，連小那也是！都把我的寶貝耳罩說得好過分～～！我一輩子都不～～會……放開它！」

結花丟下這句話，衝出客廳，跑上二樓。

隨即發出砰的一聲，多半是關上了自己的房門。

呃……這是什麼bug事件？

◆

結花戴著我送的耳罩片刻不離身，被我們三人你一言我一語說到最後——

她更加固執——採取把自己關在房裡這種令我們意想不到的強硬手段。

我完全搞不懂事情為什麼會鬧成這樣。

「真是的……結花從以前就很倔強。」

勇海坐在沙發上自言自語似的說了。

那由也像在回應這句話，重重嘆了口氣。

「倒是哥，你為什麼選了會把事情鬧這麼大的禮物？不要那麼白目好嗎？」

「不不不，那只是普通的保暖耳罩耶！誰會想到事情會鬧得這麼大啦！」

只是話說回來，結花把自己關在房間裡是事實。

而且結花在房間裡也肯定戴著耳罩。

結花，妳為什麼把靈魂賣給了耳罩……

「……算了。說三道四也不是辦法。」

我不由得大感頭痛，身旁的那由就忽然起身。

然後朝我瞥了一眼。

「聖誕節……我給哥和小結都添了麻煩，所以現在就由我出力吧。我說真的，交給我。」

——於是，我、那由、勇海，三個人一起來到結花房門前。

由那由進行的結花說服作戰開始了。

「小結，妳出來啦。」

「不要。」

「別這麼說嘛……大嫂。」

那由聲調轉低，隔著房門對結花訴說：

「我啊，能和大家一起過聖誕節，真的好開心。回去爸那邊以前，我想和小結你們一起創造更多回憶。」

「………小那。」

平常傲成分過多的那由吐露出嬌的言靈。

結花被小姑的這番話打動，微微打開門，看了過來。

「小那……妳是想要一家人一起做開心的事情吧？」

「嗯。我想和小結多說說話，所以，我希望妳出來。」

「這樣啊……我明白了，小那。」

結花這麼說的同時，門也開始微微敞開，就像天岩戶那樣。

——就在這樣的時間點。

「小結，有破綻！」

那由忽然朝門縫伸出手。

她的目標是結花戴著的耳罩。

可是，或許是因為對耳罩的執著，結花比平常更靈敏地有了反應。

那由的手還沒碰到……門就再度關上了。

「嘖。沒碰到。」

「唔～～！小那，妳騙我！我絕～～對不會再上當了！」

結花在門後說得氣呼呼的。那由懊惱地咬著嘴脣。

在這樣的場面迅速切入的──是男裝麗人綿苗勇海。

「接下來輪到我了吧。我身為結花的寶貝妹妹──一定會以至高無上的愛來說服她。」

──Take2。

由勇海進行的結花說服作戰開始了。

「呵呵，結花，感覺會想起從前呢。」

「哼～～我才不會中勇海的圈套！」

「記得那是妳小六的時候吧？我們捉迷藏玩到一半──」

「哼～～勇海大笨蛋～～～」

「……妳回想一下，有吧？那個時候我說的話，妳還記得嗎？」

「哼～～不理妳。」

「…………嗚哇啊～～遊哥～～…………」

啊，哭了。

根本不用比，勇海，慘敗。

——所以呢，Take3。

事情會鬧得這麼大……雖然有些冤枉，但開端確實是我選的禮物。

由我進行的結花說服作戰開始了。

「結花，妳差不多該出來了啦。」

「唔……哪……哪怕是小遊來說服我，我也不會交出耳罩！因為這是小遊送給我的，我最寶貝的小遊的分身——」

「如果我說只要妳卸下耳罩——就由我來當妳的耳罩呢？」

「——————！這……這話怎麼說？」

她顯然上鉤了。當我的未婚妻真不是當假的。

「就是只要妳拿下耳罩走出來，我就從正面用手捧住妳的耳朵，溫暖妳的耳朵。沒錯……我說的由我來當耳罩，就是這麼回事。」

「唔～～……唔唔～～～～……」

結花露骨地發出聲音煩惱起來。

她倔是倔，卻有夠單純。

這種地方真的——就和我心愛的結奈一模一樣。

「感覺手愈來愈冰了啊～～好想幫別人暖暖耳朵啊～～」

「嗚喵……嗚～～……唔～～……」

「如果結花不要，那我去找別人——」

「那可不行！」

結花似乎被我死板的念稿演技逼急了，打開門衝到走廊上。

天岩戶，完全開啟。

接著結花拿下耳罩，忸忸怩怩地往上看著我。

「……對不起，我剛剛在賭氣。我會小心，不會又在家裡戴耳罩戴太久。所以……我想要，小遊耳罩～～……」

呃……可以請妳不要這樣光明正大撒嬌嗎？

因為被妳這樣說，我會難為情得快要死掉啊。

——於是，幾分鐘後。

「嘻嘻～～好暖和喔～～」

處在我與結花面對面，我用雙手按住她的兩隻耳朵這種奇特狀況下。

結花露出眼看隨時都會融化般的笑容。

「遊哥真有一套，很清楚怎麼對付結花呢。」

「呿！我看著都難為情，你們去房間裡溫存啦。真的。」

作為觀眾的勇海與那由在發表意見。

但不知道結花是聽見了還是沒聽見，只是一直傻笑……手輕輕放到我的手背上。

「只要有小遊一起，不管什麼時候，我的心情都能很溫暖。嘻嘻嘻……謝謝你。我最喜歡你了，小遊！」

——就這樣，綿苗結花在家總是少根筋又天真無邪。

在學校很古板，但努力想和大家慢慢培養感情。

作為聲優，組了雙人團體，比過去更持續努力。

無論她露出什麼樣的面貌，總是不改臉上的笑容，全力前進。

這樣的結花，對我——佐方遊一來說，已經成了無可取代的人。

……年關將近的午後，我深刻感受到這一點。

第2話 【傲】平常毒舌的妹妹模樣有些蹊蹺【嬌】

——聖誕節結束後，妹妹的情形有蹊蹺。

就好比前天。

「我說那由，結花在問今天晚餐吃什麼好——」

「囉……囉唆！我想吃烤全哥！你最好腦袋著火，變成火焰頭，真的！」

又好比昨天。

「喂～～那由，我可以先去洗澡——」

「走開啦！你最好開著的吹風機被丟到浴缸裡，登上名偵探事件簿啦，真的！」

……………呃，我也知道那由從以前對我說話就嗆辣。

可是這幾天，她回的話往往會讓我懷疑真有必要說到這地步嗎。

而且感覺只要一對上視線，她就會發出像是亞馬遜那一帶的野獸會發出的「呿呿～～！」聲然後跑開。

如果說平常的那由是傲占了百分之百，那現在就是百分百中的百分百，是火力全開的那由。

——另一方面……

「小那，妳看妳看～～！這個節目介紹的衣服好可愛喔！」

「……小結才可愛。」

「嗚喵？怎麼突然黏這麼緊……真是的，小那也太可愛了吧！」

「小……小那？妳……妳自重一下吧？妳黏成這樣，我想結花也會困擾。」

「不要，我不要跟小結分開。」

「好可愛……！嘿嘻嘻……小那，妳可以更黏一點沒關係！真是的，勇海不要說這種壞心眼的話啦！」

「唔～～～～……！」

那由對結花的舉止卻是嬌到前所未有的程度。

還讓勇海的生命值瘋狂受到削減。

「……搞不懂啊。」

看著那由這種情形，我喃喃自語。

聖誕節對佐方家而言，從以前就是很重要的節日。

那由還在讀國小時，在人際關係方面受到傷害，變得不敢去上學。

媽和老爸離婚，離開了家。

我被來夢甩了，消息散播到全班，讓我開始無法信任三次元女性。

——我們家發生了很多令人落寞的事。

正因為我們家是這個樣子，我們才決定唯有聖誕節這天說什麼也要全家一起慶祝。

然而今年的聖誕節，那由想著不要打擾我和結花，想自己忍耐——結果事情鬧得有點大。

但也多虧這麼一番波折，我得以和那由互相說出真心話。

最終我們也讓這天變成了這輩子最溫暖的聖誕節。

…………明明是這樣——

「小結，抱抱。」

「呀啊～～！好可愛～～！嘻嘻嘻……小那，這是大嫂給妳的抱抱～～！」

「咿～～～～……結花的親妹妹明明是我……！」

「我說那由，不要那樣獨占結花，多少也和我——」

「囉……囉唆！哥你走開啦！你就這樣飛出大氣層，變成流星，墜落到大海正中央啦，我說真的！」

真是的……聖誕節那天還哭成那樣，整個人變得很客氣。

正值青春期的妹妹的心情，我真的是搞不懂啊。

◆

就這樣，聖誕節過後，我們四個人一起悠閒地度過了幾天。

也因為年關將近，明天白天，那由和勇海都將出發。

「……怪了，結花？」

我因為那由的事，帶著心煩意亂的情緒睡著——但或許是睡得淺，半夜醒了過來。

然而，卻沒看到理應睡在我身旁的結花。

會是怎麼回事呢……是要在勇海回老家前，兩個人好好說幾句話？

雖然結花每次都對交流方式很麻煩的勇海生氣，但好歹她們是親姊妹，說不定也想敘敘舊。

算了。我就去喝個水，再睡回籠覺吧。

——我這樣想著，來到走廊。

就聽見那由的房間傳來三個女生說話的聲音。

「……為什麼是在那由的房間？」

我知道這樣不好，卻還是忍不住仔細聽。

「——唉，我真的好傻。」

「與其這麼煩惱，不如乖乖去撒嬌。呵呵……小那真是隻無法坦率的可愛小貓咪呢。」

「輪不到勇海來說我就是了。妳自己才是自以為型男，都沒辦法對小結撒嬌吧。」

「……嗚～～」

「好好好，勇海乖～～勇海我也很寶貝的。」

結花溫言安撫講輸那由的勇海。

接著結花以平靜的語氣說：

「也就是說，小那覺得在聖誕節的時候能和小遊說出真心話，很開心對吧？所以想趁回去之前對小遊撒撒嬌。」

「……嗯。可是，這樣我會很難為情，而且以前我對哥都很嗆，事到如今，我都不知道該用什麼樣的表情面對他……」

「這樣猶豫很久的結果，就是這幾天變得比平常還嗆吧？啊哈哈，很有小那的作風，挺可愛的啊。」

「囉唆。」

——噢，原來是這樣啊。

她硬是用火力全開的傲來嗆我，所以我還以為她是企圖把我的精神連根拔起。

那由這傢伙……還是老樣子，不坦率啊。

「嗯！我大概明白了！」

我正呆站在走廊上，沉浸在感傷中。

那由的房間就傳來結花賣力的喊聲。

「小那，這件事就交給我們！畢竟小那每次都那麼支持我和小遊嘛……我也不希望妳帶著寂寞的心情回去，所以——做大嫂的會出力，讓妳能對小遊撒嬌！」

結花對於小姑的煩惱也是那麼拚命。

我確實認為這是結花的優點，可是——

不知道為什麼……我只有滿滿不好的預感。

◆

就在我不小心聽見了這些女生談話的翌日早晨。

我戰戰兢兢打開客廳的門，正要去拿冰箱裡的茶。

「早啊，佐方同學。」

在那兒等著我的，是綿苗結花。

一頭黑色長髮綁成馬尾，穿著制服外套。

還戴起眼鏡，眼眸變得有些上揚。

沒錯——完全變成在校款的綿苗結花，就在我面前。

「……呃，結花，妳為什麼變成學校模式了？明明是放假在家。」

「因為我們要開始特別的課程。佐方同學，趕快回到座位上，其他學生早就已經坐好了。」

「其他學生？……噗！」

我腦子正冒出問號，視線轉向餐桌，結果忍不住噴出口水。

桌椅的擺放方式莫名改了，三張椅子並列在餐桌的同一側。

雖然不知道怎麼回事，就是有兩名學生已經坐在那兒。

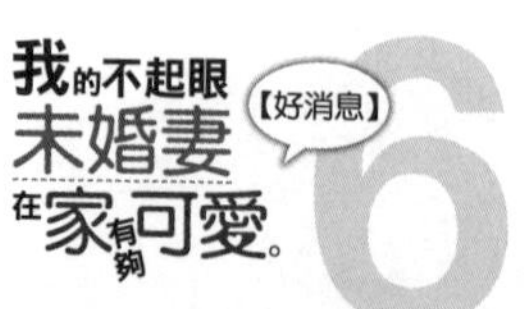

……我說真的，這是搞什麼？

「嗨，早啊，遊一。呵呵……你這樣睡眼惺忪的樣子，可愛的女生們看了會傻眼喔。」

其中一個回頭看我，朝我露出陽光的笑容。

不不不，我倒覺得傻眼的是我吧。

她將一頭黑色長髮在脖子後面綁成一束，戴著藍色隱形眼鏡。

也不知道是從哪裡弄來的，這個穿著立領制服外套女扮男裝的——是我的小姨子綿苗勇海。

「明白了吧，佐方同學？明白現在這個地方不是家——而是學校。」

「我什麼都不明白啦……今天是要演什麼樣的情境短劇啊？」

「啊哈哈，說是短劇也太離譜了。這是，沒錯——是愛的特別課程。」

綿苗姊妹將這種超脫常軌的情形說得理所當然似的。

妳們這對姊妹果然很像啊，真的。

「來，佐方同學的座位在那邊。要開始上課了——趕快坐下。」

「結花演老師嗎？明明穿著制服？」

雖然只有滿滿的吐槽點，但事已至此，也只能硬著頭皮上了。

……所以呢——

結花站到似乎是安排作為講臺的餐桌前。

我戰戰兢兢地坐到並排的三張椅子正中間。

右側是穿著立領制服外套，露出陽光笑容的勇海。

至於左側——

「……怎麼連妳都在搞啦，那由。」

「……這……這是在上課，要安靜啦……」

昨天為止的那種火力全開的傲消失得無影無蹤。

這個回答得很秀氣的——是我的妹妹那由。

她穿著以水藍色為基調的水手服、長度到膝上的迷你裙，以及白色過膝襪。

還戴上聖誕節那時用過的黑色長假髮，瀏海與兩側剪得很平整的公主切髮型。

那由的模樣和平常實在太不一樣……讓我掩飾不住動搖。

「那麼，我們開始上課，佐方同學、勇海同學、那由同學。」

學校模式的結花不管跟不上狀況的我，面無表情地以平淡的聲調開始說話。

「今天這堂課的主題是『愛』。那麼，首先是勇海同學，請妳說說妳的愛。」

「好的，結花老師。我愛——結花老師。雖然她年紀比我大，卻有很多少根筋的地方，我會覺得我得照顧好她……那是一種和年齡不相符的稚氣的可愛。呵呵——我愛著這樣的妳喔。」

「勇海同學，妳去走廊罰站。」

她的回應十分無情。

結花真的將勇海趕到走廊上——然後再度回到餐桌，不，是回到講臺。

「那麼我們重新開始……那由同學。」

「有、有……」

那由被結花叫到，碰響了椅子起身，一頭長髮輕柔地散開。

「那麼，那由同學，妳可以看著自己準備好的信講——說出妳所懷抱的愛吧。」

「小那～～！加油～～！」

走廊上還傳來起鬨的喊聲。

在一種無以言喻的氣氛下，那由從口袋裡翻出一封信。

然後深深吸氣。

那由開始——唸起了信。

「給帥氣又溫柔，非常迷人的全世界獨一無二的哥，這是——最喜歡哥的我要給你的信。」

「慢著慢著！那由，妳知道自己在唸多麼難為情的文章嗎？」

文章甜得像是裹滿了糖，我光聽都覺得臉滾燙得要起火了。

但那由雖然肩膀顫動，卻仍繼續唸著信。

「從小，哥就隨時隨地都支持著我，對吧？我一哭，哥就會說很多話給我聽，會一直鼓勵

我，直到我露出笑容。就因為哥太溫柔……我對男生的門檻已經設得有夠高了喔。」

「咿～～～！好癢，好癢啊！結花，這是什麼整人計畫啦！」

「……老師是想創造出那由同學能夠對你撒嬌的機會。」

這是撒嬌這種次元的事情嗎？

糖分多到心狠手辣，我都快要昏倒了。

「直到昨天，我都太難為情，所以對你說話很嗆，對不起喔。用平常的打扮，我就會太害臊而說不出口，所以……我打扮成以前的樣子，好好把自己的心意告訴你喔。哥……我……我喜番你。」

「不要吃螺絲，不要吃螺絲好嗎！那由，那裡絕對不可以吃螺絲啊！」

「沒關係的，那由同學，比起喜歡，說成喜番應該更能讓人感受到心意。」

「這……這樣啊……喜……喜番哥。哥，我最喜番你了……」

這什麼建議啦。我這個未婚妻一臉正經八百的表情，說這什麼鬼話啊？

可是，這樣下去不妙……我們兩兄妹的腦子真的會壞掉。

我做出這樣的判斷——於是一把扯下那由的假髮。

「啊……啊嗚……」

那由變回平常的短髮，嘴脣頻頻顫抖。

接著滿臉通紅，簡直讓人懷疑她是不是發高燒。

眼眶還含著淚——

「不……不要搶走我的假髮啦！哥你這變態，笨蛋～～～～～！」

——我被那由罵了個狗血淋頭後。

恢復平常打扮的三人與我聚集在客廳的沙發旁。

「結花，妳有沒有什麼話要對我說？」

「嘻嘻嘻，小那能對小遊撒嬌，不枉費我一番安排。」

結花笑得天真無邪，我捏著她的臉頰，試著拉一拉。

結花變成一臉呆萌樣，總算對我說了聲「會戶洗啊～～」道歉。

要聽妹妹對自己說那種糖分過多的臺詞，妳好歹也想想我會有什麼心情好嗎……真的。

看到我不由得嘆氣，勇海「啊哈哈」地笑得十分愉快。

「可是啊，小那，妳回國外之前能好好說出自己的心意，應該是好事吧？妳愛遊哥愛得受不了的那種心意，我想是已經充分讓他感受到——」

「妳囉唆，真的！」

勇海一句話還沒說完，那由就用力踩了她一腳。

那由也不管勇海發出哀號蹲下，從沙發上起身。

她一臉像是隨時都會撲過來咬我一口的表情——正面朝我瞪過來。

「你……你可不要會錯意啊，哥！我！對……對你！一點也，不喜歡！」

「……剛剛妳是不是說了喜番哥？」

「囉唆！呿！呿！」

我好好講道理，結果她有夠認真地伸腳來踩我的腳。

她真的是喔，不講理、蠻橫又不老實。

……真是個可愛的妹妹。

第3話　拜年的模式有無限多種之說

那由回到老爸所在的海外，勇海也回綿苗家的幾天後。

我與結花在客廳，窩在沙發上看電視。

「啊，小遊！開始了！」

剛剛開始的，是一個叫作《今年最後的動畫歌曲排行榜》的直播節目。

為了讓我們兩個可以一起悠哉看電視，桌上擺了滿滿的橘子和零食。

——看著歌唱節目，懶洋洋地待到過深夜十二點。

這種運用時間的方法可說是自甘墮落到了極點，但我心想今天一天這樣應該沒關係。

因為今天——是除夕嘛。

「哇！你看你看，突然跳到角色歌了！這動畫歌曲排行榜都不會考慮大眾沒聽過，沒在客氣的耶。」

「而且記得這是女性向動畫裡出現的男偶像團體吧？他們唱的歌以演歌為主，是以奇特出名的團。」

「咦？這次是懷舊老歌……這是大概十年前的動畫歌曲了吧？」

「因為今年重製了。我在網路上看到有人說，十年前的動畫版有很多原創作品的衍生，所以這次是忠於原作的重現。」

「這樣啊。的確唱的人就不一樣啊！原來是重製版的主題曲啊～」

「可是這樣一來，排行榜就讓人很難猜了……」

「啊！這不是《除以五的未婚妻》裡面三女的角色歌嗎！我們兩個去卡拉ＯＫ的時候就唱得很熱烈吧，小遊。」

「沒錯沒錯，這包裝封面也很神啊。戴著耳機歪著頭，難為情地吐舌頭的那張插畫……說得保守點，實在是可愛到了極點。」

「——！感……感覺像這樣對吧！」

結花話剛說完，就戴上我在聖誕節送她的保暖耳罩，站起來歪過頭。

然後伸了伸舌頭，重現我描述的角色插畫。

「……為什麼把耳罩拿到客廳來？」

「呵呵呵……我拿了很多東西來，好讓我們可以懶洋洋地過年～」

結花得意地挺起胸膛，開始從放在沙發旁的袋子裡翻找出各式各樣的東西。

扮和泉結奈時用的假髮。

派對用的拉炮。

假面跑者聲靈的武器——聲靈槍「說話槍」的玩具模型。

貓耳&毛茸茸短褲（含尾巴）。

學校泳裝。

「…………結花，妳過年到底打算做什麼？」

「跟小遊一起懶洋洋又開心地度過！」

過年穿學校泳裝不可能懶洋洋吧，照常理推想。

那屬於往不同方向炒熱氣氛的玩法，實在是希望她先趕快把什麼學校泳裝、貓耳之類的東西收起來再說。

「嘻嘻嘻～～……小遊♪」

我正想著這樣的念頭——結花就一頭靠到我肩上。

於是她當居家服穿的水藍色連身裙的肩帶滑落，露出了水嫩的右肩。

「今年也快結束了，那麼那麼，小遊，跟我一起度過的這九個月，感覺如何呢～～？」

「如何……很開心啊。發生過很多事情，都不會無聊。結花呢？」

「…………想也知道很幸福啊。」

結花沒遮起又白又水潤的右肩，往上看著我。

她有些難為情似的微微一笑。

「是我這輩子最幸福的一年，因為我遇見了小遊啊。」

「嗯、嗯……」

「啊，可是啊！」

我正難為情地窮於回答，結花突然大喊了一聲。

然後大大攤開雙手。

帶著燦爛的笑容說：

「明年、後年……以後每一年，我都打算更新最幸福的一年的紀錄！因為我跟小遊在一起嘛，想也知道以後還會發生很～多很多開心又幸福的事情！」

——國三的年節期間，我遇見了結奈，那時我才剛從與來夢的那件事重新站起來，所以記得老爸和那由在看電視時，我卻在抽《愛站》的卡。

——記得高一時，我就抽著《愛站》的卡，一個人過年。

可是今年……身旁有結花開心地笑著。

在學校，她是個很不擅長溝通的同班同學。

作為聲優，則是為我所愛的《愛站》角色結奈配音的和泉結奈。

在家就變成我那少根筋又天真無邪的未婚妻。

她就像萬花筒一般，展露出形形色色的面貌，但每一種面貌都閃閃發光……也就是因為有這樣的結花在我身邊笑著——

今年過年，我希望能夠兩個人一起以溫馨的心情迎接新年。

所以，雖然對結奈不好意思……

《愛站》的卡——我就等過了年再抽吧。

◆

長達三小時的《今年最後的動畫歌曲排行榜》結束了。

今年也只剩不到五分鐘。

「我盯……」

結花幾乎是用瞪的，盯著時鐘看。

我們互相沒說話，所以客廳只迴盪著秒針的滴答聲。

接著——長針答的一聲挪到了十二的位置。

新的一年宣告開始。

「新年最喜歡了！今年也多多最喜歡，小遊！」

結花以一秒不差的精準度賀年。

雖然說話內容太嶄新，我都不知道算不算賀年了。

「新年快樂，結花。雖然我想又會像去年一樣發生很多事，今年也要請妳多多關照了。」

「嗯！多多關照！嘻嘻……今年第一個說話的對象就是小遊，這樣豈不是已經確定今年絕對會是最棒的一年了嗎～～」

「這又不是初夢……等等，結花，妳手機在震動。」

「啊，真的耶——哇！桃桃打電話給我～～！」

結花開心地這麼說完，就把ＲＩＮＥ電話設定成擴音模式。

打電話來的人，是結花最好的朋友——外表是開朗角色辣妹，內涵卻是特攝鐵粉，跟我們很熟的二原桃乃。

『新年快樂，請多關照，結結！還有佐方也是！』

「嗯，桃桃！新年恭喜！今年也要當好朋友喔。」

『妳說這什～～麼話啊，這還用說嗎？就算邪惡組織征服了世界，我跟結結不當朋友這種事情也不可能發生好嗎？」

「嘻嘻嘻～～桃桃，我最喜歡妳了。」

『我也是～～！順便說一下，佐方，今年我也會努力當個第二夫人，請多關照喔。』

「妳這句話完全是多餘的吧！這種關照就不用了！」

跟二原同學講完電話後，緊接著又有下一通ＲＩＮＥ電話打來。

打來的人是任職於「６０Ｐ製作」，擔任和泉結奈經紀人的鉢川久留實。

「久留實姊，新年快樂！」

『結奈，Happy new year！欸欸，妳和遊一過年是怎麼打情罵俏的啊～～～……』

「大過年的怎麼就糾纏起結花來了？而且鉢川小姐，妳一定喝了酒吧！」

『我沒醉～～我酒量很好～～有什麼關係嘛，告訴我嘛～～把你們打情罵俏的愛的插曲說給單身的我聽聽嘛～～……』

我還沒徵求結花同意就二話不說掛斷了電話。

鉢川小姐工作時給人的感覺很幹練，但下班就會變得像個大學女生。

等她酒醒了，大概就會一個人絕望吧……

「——哇！小……小遊！這次是蘭夢師姊打來的！」

結花一手拿著手機慌了一會。

然後戰戰兢兢地接了電話。

「新……新年快樂！蘭夢師姊！」

『新年快樂，結奈。為了讓新的一年成為飛躍的一年——我打算繼續鑽研，結奈打算讓今年變成什麼樣的一年呢？』

從年初就有這麼大的壓力？

想來她沒有惡意，而且也符合她的形象……只是以新年第一通電話來說也太帶勁了。

不愧是紫之宮蘭夢。

為《愛站》人氣投票第六名——「第六個愛麗絲」蘭夢配音，作風極其標新立異的實力派聲優真不是當假的。

——就在結花與紫之宮蘭夢互相賀年的時間點……

我也接到了RINE電話。

打來的人是我的損友阿雅——倉井雅春。

是同樣熱愛《愛站》的同志。

『嗨，遊一……抽卡抽得怎麼樣啊？有沒有抽到新年第一張ＵＲ……？』

一般是不是應該從「新年快樂」說起？

該說阿雅果然是阿雅嗎？過了年也還是老樣子。

「阿雅，你怎麼大過年的，聲音聽起來就精疲力盡啊？不好意思，我今年沒抽《愛站》的卡過年。」

『你說……什麼……？』

他給我發出有夠迫切的聲音。

事態沒這麼嚴重吧。誇張也該有個限度——

『我知道了，遊一，你是和之前跟你一起的三次元女友一起過年吧？』

「……嗯？」

『這你可別想蒙混過去。聖誕節和美少女走在一起，我可不准你說那不是你女朋友啊。』

——啊啊，我都忘了。

聖誕節當天，我和結花在街上奔走找奪門而出的那由。

真的是出於巧合，撞見了阿雅。

當時手忙腳亂，我們也沒多想就先敷衍過去……但他當然不可能忘記啊，都看到損友在聖誕節和女生兩人獨處的現場了。

『算了，今天我就不多追問了。可是啊，你別那麼見外，這陣子有機會的話就要跟我解釋清楚啊。』

「——嗯。說得也是……知道了，我保證。」

我們先做了這樣的約定才掛掉電話。

見外……嗎？的確，阿雅說得沒錯。

我一直拖延要把跟結花的種種告知阿雅這件事。

但也許——是時候了吧。

◆

「新年快樂，那由。」

『考慮一下時差好嗎？我這邊還沒過年啦。新年偷跑也不是這樣，真的。』

我難得打電話賀年，她卻用這樣的口氣說話，不愧是我的蠢妹妹。

至於老爸，似乎是過年前就不小心睡著了，連電話都打不通。

佐方家真是一點也沒變。

要說唯一有變的——

『……不過，謝謝你打電話來。今年也請多關照啦，哥。』

大概就是那由稍微坦率了點——吧。

「新年快樂，勇海！……嗯，沒錯沒錯，小遊也答應了，我們打算明天中午就出發～～」

跟那由講完電話後，就聽到結花和勇海講話的聲音。

「好～那幫我跟爸還有媽說一聲喔。拜拜～～！」

結花笑著這麼說完，也掛了電話。

然後轉身面向我。

「所以小遊……明天請多多關照喔。」

沒錯——聖誕節後，我和結花決定了。

決定今年元旦要和結花兩個人……去綿苗家拜年。

要說我緊不緊張，那當然是有夠緊張喔。

如果有男人要去見未婚妻的雙親還不緊張，那才有毛病。

可是……不過，我們的情形是彼此的父親之間擅自決定的婚事。

至少不會遭到反對，這點仍是可喜的。

看看時鐘，發現不知不覺間已經快要一點了。

總不能睡眠不足地去拜訪未婚妻的老家——也差不多該睡了吧。

第4話　麻煩告訴我，去新年參拜時怎麼做最能得到保佑

開心地過完年之後，比平常晚了點就寢。

元旦的午後，我和結花——搭上了新幹線。

「嘻嘻嘻～～小遊～～！新年快樂！」

「嗯，新年快樂，結花。」

「……嘻嘻嘻～～新年快樂，新年快樂！」

「好好好，新年快樂啊，結花。」

「我～～是～～外星人～～新～～年～～快～～樂～～」

「……呃，妳這樣一直再來一份新年快樂，我也很傷腦筋啊。」

不知道是因為新年而亢奮，還是因為兩個人一起搭新幹線而亢奮……

現在的結花亢奮得無以復加。

她沒辦法安靜五分鐘，而且一直對我講兩句話就「嘻嘻～～」直笑。

我看就連小朋友去旅行也不會這麼雀躍吧。

即使到了新的一年，結花還是一樣滿滿的天真無邪。

……我正茫然想著這樣的念頭。

結花就用手指往我臉頰上輕輕一戳。

「小遊，你臉有點硬耶～～」

「如果摸了會覺得硬，大概是膚質問題吧？」

「不是啦。我是說，你的表情比平常還要硬梆梆的！該怎麼說……就像在學校的我。」

聽結花這麼說，我輕輕用手碰了碰自己的臉頰。

……啊啊，的確。

雖然是無意識，聽她這麼一說就發現也許臉頰比平常緊繃。

「你在緊張……對吧，小遊？」

「呃……要去見未婚妻的父母，總會緊張吧。比起要見某個女扮男裝的型男小姨子，門檻又高得多了。」

尤其要和交往對象的父親見面，緊張程度更是非同小可。

不就是會被說「女兒不嫁給你！」或「想要我女兒，就讓我揍你一拳！」之類的話嗎？我在漫畫上看過，所以知道。

話說回來……我和結花的婚約是老爸工作的主顧，也就是結花的父親提起的，我想應該不至

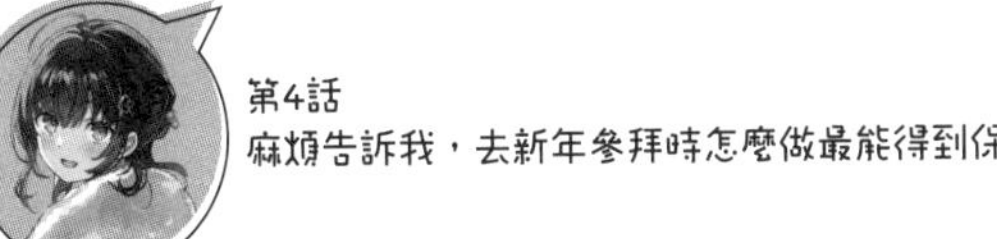

於演變成那麼慘烈的狀況。

「——不用擔心，我會好好陪著你。」

結花溫言軟語地這麼說。

然後用力握住我的手——帶著燦爛的笑容說：

「所～～以～～……我們一起笑著去拜年吧！好不好，小遊？」

◆

結束長達數小時的新幹線旅程後，接著改搭區間電車。

搭了幾站後下車，兩人並肩而行。

這兒的街景，綠意比大都會多，頗為恬靜。

原來結花出生長大的地方是這個樣子啊。

——想著想著，我和結花就抵達了綿苗家。

這是一棟有著巨大的門，醞釀出一種莊嚴氣氛的兩層樓大宅。

大宅旁甚至有寬廣的庭院。

結花的老家——真的和「鄉下的老家」這個描述非常搭。

「…………好大。」

我不由得說出坦率的感想。

結花的老家太壯觀了，遠遠凌駕於我的想像。

這麼說是不太妥當，可是——這麼古風又壯觀的老家，竟然會生出偶像聲優和女扮男裝Cosplayer，讓人覺得這是在開什麼玩笑。

「嗨，歡迎回來，結花。還有——歡迎來我們家，遊哥。」

我正發呆看著綿苗家，巨大的門就緩緩打開，聽見耳熟的說話聲。

站在家門前的，是前幾天才來我家玩的小姨子——綿苗勇海。

她在白色襯衫上披著黑色禮服，穿得像是執事。

黑色長髮在脖子後面綁成一束。

戴著有色隱形眼鏡的眼睛發出像大海一樣清澈的光芒。

「勇海在老家也穿男裝啊。」

「啊哈哈，遊哥，我不是什麼時候都這樣的。只不過今天——是遊哥第一次來家裡，所以我想穿得正式點來迎接。」

穿正式點＝男裝的這種想法是不是改一下比較好？

「我回來了，勇海，新年快樂！」

我不由得想吐槽，身旁的結花已經先活力充沛地拜年了。

勇海對這樣的結花露出陽光的笑容。

「新年快樂。結花今年也是隻可愛的小貓咪呢。不知道到了今年年底——妳會不會變成像優雅的波斯貓一般迷人的淑女？」

「……我要取消賀年！才剛過年就耍人～～！勇海是笨蛋～～！」

新年剛到，綿苗姊妹就來一段老樣子的對答。

勇海把結花當小孩子看待；結花罵勇海，這個套路的風格之美，今年似乎也沒有兩樣。

「真是的……算了啦。倒是勇海，爸跟媽呢？」

「媽在裡面等，爸今天早上接到工作的電話，才元旦就緊急上班去了。我看等他回來，大概要到晚上吧？」

「爸也真是的，還是那麼忙啊。至少元旦也該休息一下，不然會搞壞身體啦，實在是……」

岳父不在嗎？

我一直全力臨戰，所以知道後不由得鬆懈了些。

雖然只是讓事情往後延，遲早還是要面對面而感到緊張，這點沒有改變。

接著我與結花就在勇海的帶領下——踏進了綿苗家。

古早風格的木造走廊，每走一步都聽得見些微的嘎吱聲。

外觀固然相當壯觀，家裡的裝潢也非常出色……光是走路都讓我有點緊張起來。

「——結花！妳回來啦！」

我正想著這樣的念頭……就看到拉門拉開，一名女性從看似和室大廳的地方露臉。

一頭亮麗的黑髮在肩膀高度搖動。

一雙大大的眼睛。

年齡大概和我家老爸差不多。

但她的外表洋溢著年輕的活力，讓人不覺得有這個歲數。

這個臉龐有著幾許結花影子的人是——

「我回來了，媽！還有，新年快樂！」

果然啊。

她就是結花的母親……嗎？

「新年快樂，結花……太好了，妳好端端的……！」

「我當然好端端的啊！為什麼講得好像我是從有戰亂的地方回來啊？」

「媽、媽，結花在沒錯，但遊哥也在場啊。」

「幸……幸會……我是佐方遊一，平常承蒙結花照顧了。今天很榮幸受府上邀請——」

「………咿～～～～」

我正一邊拚命回想練習了有夠多次的招呼語一邊說話。

岳母卻發出像是尖叫的聲音。

「媽！妳這是什麼回應啦！」

「咿～～……我是綿苗美空，結花的母親。結花平常承蒙……咿～～……照顧。承蒙你照顧，所以還請萬萬不要對結花做可怕的事……！」

「可怕的事是什麼事啦！媽，妳把小遊當什麼了啦！」

「大……大家不都說男人都是大野狼嗎？所以我就想，妳會不會被他這樣那樣的……」

「是被怎樣啦！媽妳想太多！快跟小遊道歉，真是的！」

「啊～～……遊哥，對不起。我媽不是壞人，可是她就是相當愛操心。真的很對不起。」

結花氣呼呼的，而勇海低頭道歉。

原來如此。結花的少根筋，以及勇海過剩的愛操心，原來都是來自岳母？這下我可想通了。

不過說歸說……還是得消除一下岳母腦子裡那個危險的我。

「岳母，我——我很寶貝結花。我沒做會讓結花害怕的事，還請相信我！」

「真、真的嗎……？你不會每天晚上拿鞭子抽打結花？」

「媽妳很失禮耶！小遊才不會做那種事！」

「就……就是說啊……對不起，我太會妄想了……那、那麼！讓她穿上學校泳裝，在浴室幫你洗澡，這種事你也沒做吧？」

「……………」

「……媽、媽妳很失禮耶，那種事我們怎麼會做呢？」

「呀啊啊啊啊！結花被迫做了見不得人的事情啦～～～！」

——就差不多是這種感覺。

我在這種不得了的氣氛下，第一次見了結花的媽媽。

◆

「噔噔～～！怎麼樣，小遊？我穿起來好看嗎？」

我在玄關等候，接著小跑步來找我的是穿上和服的結花。

表情和說話口氣都是平常在家的結花，但這種和服打扮很新鮮——讓我不由得怦然心動。

「我穿起來好看嗎～～我瞀！沒反應啊～～我瞀我瞀！好看還是不好看呢～～？」

「不要施壓啦，施壓不好……很好看啊，結花。」

「唔嘻嘻嘻～～謝謝你，小遊！」

「……咿～～～～……結花，不要被大野狼騙了～～……」

結花天真爛漫地嬉戲，岳母則在她身後連連發抖。

勇海安撫這樣的岳母說：「這樣很失禮，媽，妳先退開吧？」

我也許還是第一次看到勇海做出這麼有常識的應對……

「媽，謝謝妳幫我穿和服！那麼，媽、勇海，我們去新年參拜了～～！」

結花先活力充沛地道別，然後牽著我的手走在家鄉的路上。

建築物沒有大都會那麼多，街景中綠意很多。

從樹木的縫隙間灑落的陽光讓人覺得很自在。

我感受著平靜的氣氛，在結花的帶領下來到了神社。

不是新年期間常會在電視上看到的那種擠滿了參拜民眾的大規模神社。

是一間感覺真的只有當地人會來的小小神社。

「我從小時候就是這樣，每到新年就會來這裡參拜。」

結花說著笑了笑。或許是因為穿著和服，顯得比平常成熟。

我們兩人手牽著手，爬著石階上去。

路過的參拜客絕不算多。

感覺每個人都笑咪咪的——很幸福地笑著。

「欸，小遊！我們去抽籤吧！」

在結花的提議下，我們排隊抽籤。

接著結花喊著：「預備～～！」我們同時打開了籤。

「太棒了～～是大吉～～！」

結花一邊做出握拳姿勢一邊大喊。

看到結花實在太天真無邪的模樣，讓我不由自主地笑了出來。

「小遊的籤是……啊，是末吉。」

「是挺尷尬，不過至少不是凶，總還算好吧。」

「不會尷尬啦。這不就是說接下來會愈來愈幸福嗎？」

我一手拿著末吉的籤苦笑，結花就溫和地對我微笑。

她輕輕握住我的手，說道：

「末吉聽起來就讓人覺得不太好，可是啊，聽說這其實是指未來會愈來愈開闊，是好的意思！是日漸昌隆的末吉！」

「妳這樣說我是很高興啦，可是姻緣的項目就太不吉利了……」

◇姻緣『有不測的障礙。要堅定心志。』

——不測的障礙？

以來未婚妻家的當天抽到的籤來說，實在糟糕透頂。

這樣根本已經和凶沒什麼兩樣了吧？

「不用擔心啦，小遊！你看看我的姻緣那一項！」

結花朝著大表厭煩的我猛然遞出自己的籤。

◇姻緣『貫徹就會實現。要持續奔跑。』

「看吧？把小遊的籤和我的籤加在一起——不就怎麼看都是良緣嗎！說雖然也許有障礙，只要貫徹我對小遊的愛——就一定會修成正果！所以小遊也要一直相信下去！」

看到結花瘋狂加上自己的解釋來大力主張，我不由得噗嗤一聲笑出來。

「真要說起來，籤可以加在一起嗎？」

「可以啊。因為我和小遊兩個人就是一個人啊。」

「這邏輯真是讓神明聽了也嚇一跳。」

「嗯。因為我就是這麼喜歡小遊——喜歡到神明也會嚇一跳！」

我和結花經過這樣一番談話，相視而笑。

然後來到香油箱前，丟進零錢——二拜二拍掌。

我維持雙手合十，閉上眼睛，悄悄在心中祈求。

——但願這樣的每一天可以一直持續下去。

而在這樣的我身旁，可以聽見結花小聲祈求。

「希望不管今年、明年、後年——我都能一直和小遊笑著在一起……」

我不經意地睜開眼睛，抬頭一看。

結果結花也幾乎在同一個時間點抬起頭——牽起我的手。

「嘻嘻嘻！那最後……我們一起喔。」

於是——

我和結花手牽著手，完成最後一拜。

坦白說，末吉的籤實在有點尷尬。

但我覺得只要和結花一起，就會有辦法解決，所以……就別計較了吧。

第5話　我的未婚妻告別了過去的自己

我們去新年參拜，然後回到結花家。

然而岳父的工作似乎有所延宕，尚未回家。

「啊哈哈，我爸不回來，遊哥就像被殺到一半放著吧？」

「別這樣，勇海。不可以說什麼打打殺殺這種話……要是被加倍奉還，那可怎麼辦……」

「媽妳才別這樣好嗎！妳把小遊當什麼啦，真是的！」

在這樣的情形下——我和結花、勇海、岳母一起圍坐在餐桌旁。

「還……還能怎麼樣……我認為遊一先生是個很棒的人。他很有禮貌，對結花和勇海也都很好……配結花甚至有些可惜了呢。」

「……唔嘻嘻嘻嘻嘻。對吧？我的小遊很棒吧？」

「結花，這不是該擺出一臉踐樣的時候……妳看看遊哥的臉，他太傷腦筋，臉都僵了。」

「就是太棒了……他是個太迷人的紳士，讓我擔心他是不是有不為人知的另一面……！」

「為什麼？媽妳太愛妄想了啦！小遊才沒有什麼不為人知的另一面，小遊不管什麼時候都很紳士……嘻嘻嘻，他很珍惜我喔。」

「……說得也是。對不起，我想太多了。太好了……所以不存在那個因為是聖誕節就盡情享用聖誕裝結花的遊一先生對吧？」

「…………不存在喔。」

「妳穿了吧？看妳這反應，就是穿了吧，結花？」

「呃……這樣遊哥會很困擾，妳們兩個先別說話了吧？」

這談話是什麼情形？

拜異想天開的岳母和傻氣爆發的結花所賜，讓勇海像個相對挺有常識的人……明明勇海也夠沒常識了。

綿苗家真是不容小覷。

雖然佐方家的成員也實在讓人不敢說別人，算是半斤八兩吧。

歷經一番波折，在結花老家的一天令人眼花撩亂地過去。

不知不覺間，已經快要晚上八點。

「孩子的爸有聯絡了……說是多半會忙到很晚，明天才能和遊一先生見面……對不起，遊一

先生，大過年的就這麼忙。」

「哪裡，這是工作，也沒辦法啊。謝謝岳母關心。」

我以坦率的心情這麼回答。

見面延後到明天，確實就如勇海所說，被殺到一半放著的感覺很強烈……但畢竟是工作，不是任何人的錯。

「那我們差不多該睡了吧。我們要讓遊哥睡在哪？」

勇海機靈地幫腔，像是在說給結花和岳母聽。

勇海戴著眼鏡，放下了頭髮，和白天的男裝模式不同，穿睡衣的模樣很少女。

這種時候的勇海整體感覺和結花很像……就是會讓我不由自主地隱約有種心動的感覺。

而且居家模式的勇海胸部的主張極其強烈，甚至讓人懷疑她扮男裝的時候怎麼藏得起來。

「……嘿！」

就在這個時候。

結花用手臂用力鉤住我的手臂。

「小遊要在我的房間睡。我們要感情和睦地一起睡，不接受異議！」

「慢著慢著，結花！妳也替來到未婚妻老家的我著想一下好嗎？妳在岳母面前做出這種爆炸性發言，會——」

「咿～～～……感情和睦地一起睡，這字裡行間是什麼意思啊～～……」

看吧，我就說！

愛操心的岳母這可不是陷入了天大的錯亂嗎！

結花，算我求妳，幫我打圓場吧……等等。

「……呃，結花，妳為什麼勾著我的手臂，卻用白眼瞪我？」

「誰叫你因為勇海胸部大，就一直看。」

「……結花，妳先冷靜，有話好說——」

「沒什麼好說！總之，小遊要和我一起睡。不然……誰知道勇海會做出什麼事情！」

「咦，我？結花，再怎麼說這也太冤枉人了吧！嚴格說來，我可是被遊哥用猥褻的目光看的受害者耶！」

「……原來。」

岳母聽著兩姊妹這番泥沼般的對話。

莫名以截至目前為止最冷靜的聲調——喃喃說著：

「也就是說，遊一先生不只對結花，也對勇海下手了……是這個意思嗎？」

「完全不是好嗎！請問為什麼會得出這種結論啦！」

——接下來好一會……

我被迫孤軍奮戰，分別安撫她們三位。

◆

「唉……累死我了……」

當這番騷動總算平息。

我到結花的房間，深深嘆了口氣。

「……小遊，對不起喔。」

結花放低音量，以乖巧的聲調這麼說。

然後就用搬來的棉被遮住嘴，視線往上窺探我的神情。

「……妳是覺得只要像這樣擺出可愛的表情，就能得到原諒吧？」

「……嗚喵。」

我故意說些壞心眼的話。

於是結花用棉被蒙住頭，當場縮了起來。

結果就是……攤開的棉被只有正中央隆起，形成一種像是史○姆的狀態。

「小結反省太多，融化了。軟～～」

「這設定是融化了？而且結花妳都融化了，卻還在說話耶。」

「這是小結生前的靈魂在對小遊的心靈說話。小結因為太抱歉，已經融化了……小遊，對不起喔，原諒我～～我想感情和睦地一起睡～～軟～～」

這種撒嬌方式太賊了吧。

被她用這種小孩子似的方式撒嬌，不就只剩下原諒這個選擇了嗎？雖然我打從一開始就沒在生氣啦。

結花真有一套……婚約生活久了，已經變成撒嬌專家。

「沒關係啦。我也要道歉，不該讓妳賭氣。」

「……太棒了！我也沒關係的！噔噔～～小結復活～～！」

結花猛地掀開棉被，有夠開心地笑著——朝我懷裡猛力撲過來。

「……嘻嘻，小遊，好香喔～～……喜歡～～」

「真是的……結花，妳這樣會想睡喔。來，先把墊被鋪好。」

接著我和結花兩個人一起鋪好了墊被。

結花表示「我想要兩個人的被窩併在一起睡」，不肯退讓，所以鋪的方式讓我們兩個人可以並排睡。

完成了就寢的準備後，我無意間……環顧了結花的房間。

結花的房間鋪著榻榻米，幾乎沒有什麼東西。

雖然八成是因為大部分的東西都已經搬到我家去了。

唯一還放著的，就是房間深處的三層架。

上面還留有幾年前的少女漫畫雜誌、幾張ＣＤ，以及學校的相簿。

「等等，小遊！不要一直盯著我的房間看啦！」

才剛聽到結花大喊。

她就從後面遮住我的眼睛。

「真是的！幾乎所有東西都拿去小遊家了，所以不會很亂……但好歹也是少女的房間～～」

「少女就算沒有什麼被看到會難為情的東西，也要遮住人家的眼睛嗎？」

「就算什麼都沒有，被看到就是會難為情，這就是少女心，真是的……小遊是笨蛋～～」

結花發牢騷似的這麼說完，身體靠到我背上用力抱緊。

「……小遊，好溫暖喔～～嘻嘻……好舒服喔～～小遊～～……」

慢著慢著，可以請妳不要閉著眼睛在那邊傻笑嗎？

而且，妳貼這麼緊，會有軟軟的東西頂在我背上。大過年的，我會滿是七情六慾啊。

「——欸，小遊，睡覺前，我想打電話給一個人……可以嗎？」

她忽然在我耳邊這麼說。

結花將手從我眼睛上拿開，探頭過來看著我的臉。

……為什麼要特地問我這種事？

平常她要打電話給二原同學他們，也都很正常地直接打。

「我是完全沒關係，不過……是要打給誰？二原同學？還是聲優相關的人？」

我隱約覺得不是，但還是問問看。

結花盯著我——平靜地微微一笑。

「謝謝你，小遊。我想打電話的對象……是我國中時的朋友。」

「…………咦？」

由於聽到的對象太出乎意料，讓我不由得發出怪聲。

因為對結花而言，國中時代的朋友……

應該完全不是可以開心打電話聊天的朋友。

——校慶前不久，我聽結花說了她以前的情形。

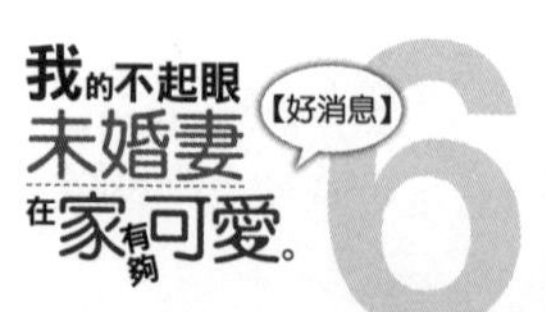

國二以前的結花是個會開朗又熱鬧地聊御宅族話題的類型。

每次都和幾個要好的朋友一起，過著平凡的日子。

但從某一天起……開始有其他小圈圈的女生以「就是看不太順眼」為由，開始對她霸凌。

最終造成本來很要好的朋友也因為怕被牽連，漸漸遠離她。

結花這樣的日子過累了，在國二的冬天斷了線。

有好一陣子——都把自己關在家裡。

「…………妳不要緊嗎，結花？」

正因為知道有這樣一段過去，我才忍不住問起。

但結花仍然不改臉上那一如往常的平靜笑容。

「嗯。現在的我已經……不要緊了。」

接著結花開始打電話。

打給據她說是以前——跟她最要好的女生。

『……喂？小結？』

鴉雀無聲的室內，微微聽見電話另一頭傳來小小的說話聲。

「喂？好久不見了，咲良。」

『……嗯。好久不見……妳過得好嗎？我聽說妳上關東的高中……』

「嗯，是這樣沒錯～～我離開家鄉，到了東京，過得有夠好的！」

結花以雀躍的聲調這麼說……對方便有些破音地回答：

『……是嗎？妳過得很好是吧，小結……』

「嗯！也交到了要好的朋友，上學也有夠開心。而且，其實……我還交到了男朋友！嘻嘻嘻……沒想到吧，咲良？這樣的我會交到男朋友。」

『……不會的。因為小結……從以前，就非常體貼……』

她說到一半便停住不說。

過了一會，電話另一頭——傳來啜泣的聲音。

『對不起……小結，對不起……！我一直想跟妳道歉……小結難受的時候，我……怕自己被霸凌……就逃避了……！』

她的呼吸紊亂，但仍繼續說下去：

『……事到如今才道歉也很卑鄙吧。我沒資格請小結原諒……我背叛了小結……』

「——嗯。我就知道咲良一定會這樣責備自己，所以……我說什麼都想打電話給妳。」

結花也同樣聲音顫抖。

但她還是對著電話另一頭的朋友——拚命說下去：

「之前我都提不起勇氣……沒能聯絡妳。對不起，我拖到現在。」

『……為什麼是妳道歉？妳什麼錯都沒有……錯的是，霸凌別人的那些傢伙，還有逃避的我們……！』

「我啊，就算是現在……還是喜歡咲良。當時一起聊天聊得很開心的大家——我到現在還是很喜歡。」

淚珠一滴滴落在結花腳邊。

但結花不改臉上燦爛的笑容——說道：

「我過得很好，有著滿滿、滿滿的幸福……所以，不要再責備自己。我是真心期盼咲良妳們每天都能過得幸福——所以，好不好…………我們一起笑著過日子吧？」

◆

「——謝謝你，小遊。謝謝你等我講完電話。」

結花關燈，鑽進被窩後……害臊地搔了搔臉頰。

一如往常的結花讓我覺得好惹人憐愛。

「呼啊！」

「辛苦了，結花。」

不知不覺間，我——用力抱住了結花。

結花發出「呃呃～～……」的聲音，手腳掙扎了一會……最終用力回抱我。

「……小遊，今天，我可以這樣緊緊抱著你睡嗎～～？」

「嗯，好啊——結花，妳好努力。」

我摸摸結花的頭，她就發癢似的笑了。

然後把頭埋到我懷裡。

「——校慶的時候，我心想，國中時代創造出來的好多好多回憶，留在教室就好……以後我要全力活在當下樂在其中。」

「嗯。」

「可是，不管是教育旅行、店鋪演唱會，還是聖誕節……或是平凡的每一天，我都覺得有著滿滿的開心，滿滿的幸福——然後就湧起了這樣的心情，想好好打聲招呼。」

「跟國中的朋友？」

「嗯。雖然有過很多難受的事情是真的，可是——和咲良她們一起歡笑的時候，那些開心的回憶也不是假的。所以，我想好好跟她們說，說我過得很好，不要擔心我……說聲拜拜，雖然只是自我滿足。」

我看不見把頭埋在我懷裡的結花臉上是什麼表情。

但我隱約覺得大概是一臉要哭的表情，所以……我就這樣繼續摸著結花的頭。

「……嗯。小遊，我最喜歡你了……」

告別過去的自己。

結花期盼過去的朋友也能面帶笑容，因而鼓勵她們。

這樣的她不是比喻——是不折不扣的天使。

所以今天我想著但願她能在我懷裡停下來歇一歇。

——我由衷這麼想。

第6話 【震撼】去拜見未婚妻的父親，結果事情不得了了

「…………天亮了。」

看著從窗簾縫隙間射進的陽光，我深深嘆了口氣。

結花提起勇氣，打電話鼓勵國中時代的朋友。

這麼不畏艱難的結花讓我覺得好令人憐惜，於是兩人緊緊擁抱著睡著了……不知不覺間，已經到了早上。

我從剛剛就嘆氣嘆個不停。

「我想應該不要緊，可是……還是會緊張啊。」

我看著發出鼾聲，還裹在被窩裡睡覺的結花，自言自語。

——沒錯。

對我來說，今天是人生最大的難關。

是要和昨天因為工作而缺席的結花父親——見面的一天。

◆

「遊哥，你還好嗎？」

勇海似乎察覺我腳步沉重，回頭問起。

我在結花與勇海的帶領下，前往岳父的房間——儘管連我自己都覺得沒出息，但我真的是愈來愈緊張。

「小遊，不用擔心啦！」

結花天真地喊著，抱住我的手臂。

然後像個小孩子一樣笑咪咪地說：

「因為小遊是這麼棒的人啊，想也知道爸一～～定……很快就會放心的。」

結花，妳這幾句話像是要讓我放心，但我告訴妳，妳把標準拉得有夠高的好嗎？

勇海側眼看著這樣的我們……拉開紙門，走進岳父的房間。

然後過不了幾秒，她就走了出來。

「爸說想和遊哥兩個人談談……要怎麼辦？」

咦？劈頭就兩個人談？

我只想著起初會和結花還有勇海一起談，所以這個提議太出乎我的意料，讓我不由得怕了。

結花似乎是感受到我的動搖，用力拉了拉我的衣襬。

「小遊，你還好嗎？我也陪你一起吧？畢竟我也還沒跟爸拜年。」

「……嗯，謝謝妳，結花。不過，我沒事的。」

結花擔心我，這份心意讓我覺得很窩心。

但畢竟是未婚妻的父親，邀我兩個人談談……這種時候逃避不是男人該做的事。

於是我下定決心。

我在結花與勇海的目送之下——慢慢拉開岳父房間的紙門。

「失……失禮了。」

「——嗯。坐吧。」

岳父低聲這麼說，我戰戰兢兢地在他示意的坐墊上跪坐好。

坐在眼前的是有著一頭斑白短髮的男性。

……我想年紀應該和我家老爸差不多。

但從黑框眼鏡下顯露出的眼力之強。

穿著夏季和服便服，雙手抱胸的姿態。

無論怎麼看，都充滿了我家那個只會傻笑的老爸沒得比的威嚴。

這個人就是——結花的父親。

「昨晚很不好意思，讓你等這麼久，我還連打聲招呼的時間都沒有。」

「哪……哪裡，不要緊。我才要說讓您費心——」

「非常感謝你遠道而來。我是綿苗陸史郎——結花的父親。」

他先報上自己的姓名了。

我趕緊深深低頭。

「哪裡哪裡，感謝府上招待。幸會……平常承蒙結花照顧，我是佐方遊一。」

「……嗯。你不用這樣拘謹地跪坐著沒關係的。」

「哪……哪裡，我不要緊。」

和結花、勇海以及岳母都不一樣——岳父給人的印象是沉默而嚴格。

我的緊張不斷升高……但得小心別出紕漏。

「結花……在府上過得好嗎？」

「很……很好！結花小姐不管在家還是在學校都很有精神。她很體貼，待人溫和，一直讓我從她身上得到活力……我每天都對她有著滿滿的感謝。」

「從結花身上得到活力——是嗎？」

…………我踩到什麼地雷了嗎？

聽到岳父複誦，我內心方寸大亂。

但岳父面不改色，淡淡地說下去：

「我想你應該知道，結花國中時曾有一段時間不上學。那個時候的結花——總是在哭。」

「……是，我聽結花小姐說了。她說想改變那樣的自己，於是去試鏡，成了聲優，還因此從高中就搬到東京來。」

「沒錯。做爸爸的，更多的是擔心……她過得很好嗎？」

「我也聽說了岳父擔心結花小姐一個人住，才會對家父提議讓我們結婚——」

我話先說出口……這才莫名覺得不太對勁。

我直視眼前雙手抱胸的岳父。

擔心女兒一個人住的大客戶的高層，和我家老爸變熟。

做出讓我和結花結婚這種莫名其妙的約定。

我們的同居生活就是從這奇妙的故事發展來的——

這個沉默又嚴格的岳父……

真的……會提出這種破天荒的提議嗎？

「……遊一，提起這門婚事的——是你的父親。」

——鏗！

我受到像是腦門被敲了一記悶棍的衝擊。

「當然，我無意說這全是他的責任。因為只要我拒絕他的提議，這門婚事就不會開始。」

「…………」

我什麼話都說不出來。

只覺得世界天翻地覆，腦袋變得一片全白。

岳父看著這樣的我——問了問題。

「你說從結花身上得到了活力，是吧？還說每天對她都是滿滿的感謝。」

「……是、是的。」

「那麼，我想問一個問題——遊一，結花從你身上得到了什麼呢？」

——結花從我身上得到什麼？

從我和結花一起生活以來，我得到了許多活力——得到了「笑容」。

因為結花無論何時都面帶笑容陪在我身邊。

讓我的每一天漸漸變得明亮且溫暖。

聖誕節也是，要不是有結花支持我……想必我將無法和那由互相吐露真心話。

那麼……我能夠給予結花的是什麼？

◆

『……是喔？然後你就講輸對方的爸爸，逃回來了？好厲害喔，哥，你是白痴嗎？』

我從電話另一頭聽到那由冰冷的說話聲。

啊啊，好久沒聽到了……這是那由真心生氣時的聲調。

那由從小就是這樣，真的生氣就會突然變得很冷靜……

我和結花爸爸首次見面後，被告知了令我震撼的事實——這門婚事是我家老爸提起的。

而且岳父還問我——結花從我身上得到了什麼。

然而我……冒出各式各樣的念頭在腦子裡轉啊轉的。

很沒出息的是，我沒能立刻做出回答。

看到我這樣——岳父靜靜地說了：

「……我問得突然了。今天你回答不出來也沒關係，只是，希望能在不久的將來——聽到你的『答案』。」

——就這樣……

我結束了這趟地獄般的親家拜訪，回到自己家。

我打電話想質問老爸，但他莫名關機，打不通。

我想到請那由幫我轉給老爸，但一打電話——就被她一五一十問了出來。

也就演變成現在的情形。

『哥，你和小結說好要結婚沒錯吧？結果你一有點動搖，就什麼都答不出來……我說得保守點，你去死一死還比較好吧？小結太可憐了吧？』

「不不不，那由，這我要反駁。我是結婚的前提被推翻，然後還突然被問到這種問題耶。總多少有些斟酌減刑的餘地吧……」

『我要反駁你的反駁，管他前提被推翻，管他問得突然，都要做出回答，這樣才是男人吧？

你態度這麼窩囊，要是對方說「解除婚約」，你是打算怎麼辦？你看，你一句話都說不出來了吧？哥，你是白痴啊？真的。』

「…………唔。」

她說得太有道理，我無話可答。

那由對這樣的我重重嘆了口氣，然後說：

『……算了，下次可得好好雪恥啊。眼前爸說要在這個月底安排我們家和小結家見面。』

「……嗯？慢著慢著，那由，老爸在妳旁邊嗎？」

『嗯。』

「那由，電話拿給老爸聽！我要他針對結婚的事好好解釋——」

『啊，跑掉了。』

「開什麼玩笑，那個臭老爸！」

——就這樣，到頭來我還是沒能從老爸口中問出婚約一事的來龍去脈。

唯一得知的，就是剩下不到一個月……就要舉辦對結花爸爸的雪恥戰了。

「啊～～……我該怎麼辦才好呢……」

我跟那由講完電話，無力地癱在桌上。

我想起元旦那天晚上，結花打電話給國中時代的朋友——和過去的自己做出了斷。

結花明明有著比我更難受的過去……卻在學校努力交朋友；作為聲優也一直在努力，要為許多粉絲帶來笑容。

結花的這種笑容，不管什麼時候都能讓我得到鼓舞。

——相較之下，我又是如何呢？

我被單戀的對象野野花來夢甩掉，消息傳遍全班……因為老爸和媽離婚而受到傷害的那個時候——

我遇見了結奈，開始以「談戀愛的死神」推她，暗自發誓。

誓言再也不和——三次元的女生談只會互相傷害的戀愛。

之後過了一陣子，我認識了結花。

多虧了她，我每天都過得很開心。

如果問我是不是已經像結花那樣，努力克服了過去——就發現我完全沒能去面對過往的這個事實。

這樣的我，能懷著自信說我給予結花些什麼——真的什麼都沒有。

「……連我自己都覺得沒出息啊。」

「——嗚喵～～！」

我獨自被思考的坩堝吞沒——結花就從身後朝我撲了過來。

結花柔軟的胸部緊貼到我背上而變形。

柑橘類的淡淡洗髮精香氣飄來。

「呃……結花？妳突然喊著貓語撲來，是怎麼了？」

「……因為小遊沒精神啊。」

結花從身後抱住我，手指放到我背上開始蠢動。

「等等，結花！有夠癢的啦！」

「……給我笑～～」

我出聲呼喊，結花也沒停下手指，喃喃說道：

「我只要有小遊在身邊，就充滿了幸福。因為有小遊在，我才能有滿滿的笑容嘛。所以……

給我笑～～給我笑個夠～～小遊～～」

啊啊，原來如此——所以這是「（物理）讓人笑」嗎？

大概是我沒精神，讓她擔心了。

……對不起啊，結花。

「呼喵？」

我強行轉身，面向結花——緊緊抱住她。

大概是因為事出突然，結花滿臉通紅，嚇了一跳……但隨即放鬆身體，靠向我身上。

「——小遊。」

「謝謝妳，結花……嗯，我沒事。因為我已經恢復精神了。」

「真的嗎～～？我瞥！我瞥！」

結花說笑似的這麼說，頑皮地頻頻轉動脖子——讓我真心噗嗤笑出來。

「啊，是真的。小遊，再多笑一點～～我瞥！我瞥！」

結花似乎是看到我笑而開心，嘴巴像貓一樣圓嘟嘟的，開始用更敏捷的動作轉頭。真是的……就會得寸進尺。

「好好好，我沒事了。來，妳冷靜點。」

「……唔喵。」

我輕輕拍了拍結花的頭，她就安分下來，在我懷裡縮起身體。

「嘻嘻嘻～～……小遊～～我永～～遠都不會離開小遊身邊～～……」

看著這樣天真無邪的結花——就覺得煩惱到剛剛的自己很傻。

我沒能像結花那樣克服過去，而且很沒出息的是……我沒能立刻回答岳父的問題。

就如籤詩所寫——是「不測的障礙」啊，真的。

可是……為了能和結花一起面帶笑容。

在下次見到岳父之前，我會全力找出「答案」。

不然——我就無法抬頭挺胸說我是結花「未來的丈夫」啊。

☆新年第一件工作☆

「——結奈絕～～對！不會從你身邊離開的！」

「好，ＯＫ。」

音效指導這麼說了，所以我深深吸一口氣，用力一鞠躬。

「謝謝您！今年也請多多關照！」

呼……新年的第一件工作順利結束了！

我正覺得神清氣爽，就聽到久留實姊從背後叫我。

「結奈，辛苦了。新年第一錄，妳就展現了好演技呢。」

「嘻嘻嘻～～謝謝誇獎，久留實姊！」

今天的久留實姊感覺口紅的顏色比平常粉紅一些。

無論是咖啡色短鮑伯頭，還是黑色外套配窄裙的打扮，都顯得非常成熟——好好喔，等我長大成人也想變成她那樣。

「那麼，結奈，再過一會，我們就去經紀公司。」

「好～～我馬上去收拾～～」

在錄音室錄完結奈的新語音後，我和久留實姊接著前往經紀公司。

一來到經紀公司，就和已經先抵達的蘭夢師姊會合！

「新年快樂，蘭夢師姊！」

「嗯，今年也請多關照了……結奈。」

接下來，我和蘭夢師姊——

在久留實姊的帶領下……來到了總經理室門前。

總經理室啊。我可能還是第一次來。

根據久留實姊的說法，是去年組團的「飄搖★革命」非常活躍，讓總經理非常高興——所以決定來拜個年。

雖然覺得感謝……這種正式打招呼的場合還是會讓人緊張啊。

去向爸拜年的小遊是否也是這樣的心情呢？

「總經理，打擾了。」

然後，隨著久留實姊——

我與蘭夢師姊並肩踏進了總經理室——

「總……總經理新年恭幾……！」

我吃螺絲了，吃得有夠用力。

啊唔……我真的是冒冒失失的。

「啊哈哈哈！和泉結奈，妳果然很有意思啊。」

在窘迫的我面前笑得十分開心的，是「60P製作」的執行董事。

也是掌管這間經紀公司的——六条麗香總經理。

她一頭接近金色的咖啡色頭髮有著漂亮的波浪捲。

右眼的一顆痣醞釀出一種成熟的魅力。

就算有人說她自己就是藝人，也會讓人覺得她走這條路也吃得開……

「新年恭喜。結奈失禮了，六条總經理。」

「紫之宮蘭夢——原來如此，是個名符其實的冰山美人。說到這個，記得妳說很崇拜惠？」

「是。對我來說，真伽惠小姐的人生——就是我的路標。我要像她那樣賭上一切……登向聲優界的頂點。」

蘭夢師姊的背後竄出了火焰……我有這樣的感覺。

「——原來啊。」

六条總經理眼露精光地看看蘭夢師姊，又看看我。

「紫之宮蘭夢與和泉結奈，這麼處在兩個極端又這麼相近的組合，的確相當罕見。『飄搖★

革命』可真是……發生了非常美妙的化學反應呢。」

兩個極端？相近？我和蘭夢師姊？

六条總經理也不管我在一旁納悶，雙肘撐在桌上——說道：

「『60P製作』認為『飄搖★革命』充滿了可能性。期盼妳們兩位今年也都能繼續活躍。」

◆

「……唉。剛剛好緊張喔，蘭夢師姊。」

「我可不會因為這點事情就緊張。因為無論處在什麼場面，我『演戲』一定會演到底。」

蘭夢師姊以平淡的聲調說出這樣的話……真的很有一套。

哪像我，一在經紀公司交誼廳的長椅坐下，電池就耗光，整個人癱軟下來。

「對了，結奈——妳的聖誕節過得怎麼樣呢？」

「……什麼？聖誕節嗎？」

突然被問起，讓我一瞬間睜大了眼睛。

蘭夢師姊說無論是作為對自己畫出的界線，還是為了因她的夢想而犧牲的人——她都決定不慶祝聖誕節。

我哪會想到這樣的蘭夢師姊會在新年提起聖誕節嘛。

「非常開心！是我這輩子最開心的一次聖誕節！」

「是因為有妳『弟弟』在，是嗎？」

「是！有『弟弟』陪在身邊，還收到了『弟弟』送的很棒的禮物！這樣的聖誕節，我以前從來沒有過──」

…………啊。

明明是和「弟弟」過，卻說以前從來沒有過。

這完全是失言了嘛……我真笨。

「是嗎──那太好了。」

我覺得自己出了紕漏，大感沮喪。

蘭夢師姊卻莫名不提這一點。

她溫和地微笑著對我說：

「我不是說過嗎──期盼妳和『弟弟』的聖誕節能過得很美妙。所以，如果無論對妳來說還是對你『弟弟』來說，聖誕節都成了美妙的紀念日……那是再好不過。」

「……蘭夢師姊。」

我這個師姊無論何時都嚴以律己，作風嚴格，又有著幾分神祕。

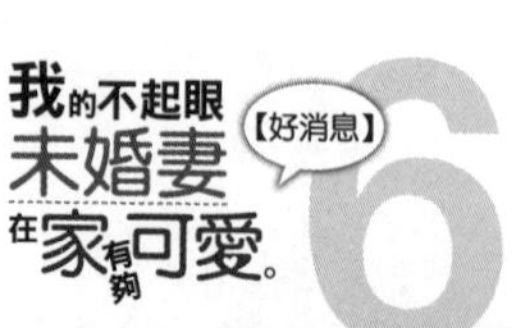

但我和她一起組團活動，有了這樣的感想。

蘭夢師姊其實是個很善良——很為他人著想的人。

正因為這樣，我才會那麼尊敬蘭夢師姊，那麼喜歡她……同時也覺得不能輸給她。

「蘭夢師姊！今年我們也要一起……完成美妙的現場演唱！」

我滿腔熱情大聲這麼說。

蘭夢師姊就輕輕一笑，回答我：

「好。今年，我也很期待——請多關照了，結奈。」

第7話 【第三學期】關於我的未婚妻與損友開始一場會錯意短劇這件事

「綿～～苗同學～～！新年快樂！」

「……新年快樂，二原同學。」

第三學期的開學典禮。

從上學第一句話，二原同學和結花的情緒溫差就很離譜。

虧結花一過年就打電話時還天真地聊得那麼起勁……但她一到學校就會變成這樣。

戴上眼鏡，將黑色長髮紮成馬尾，以淡淡的態度待人。

這就是綿苗結花——在校款。

我坐在自己的座位上不動，發呆看著她們兩人的這種情形。

「好久不見啦～～怎麼樣，過得好嗎？」

「還不錯。」

「哎呀？綿苗同學，我記得我們全班舉辦慶功宴的時候，妳是不是有比較和大家打成一片了？是怎麼啦？」

「因為是新年。」

「咦，是過了年就要重來的類型？真的假的？那接下來我可要瘋狂地找妳說話，找回距離感啦！」

「請便。」

結花才剛過新年，就將不擅溝通發揮得淋漓盡致；二原同學不屈不撓，持續進攻。

真有一套啊……換作是我，有自信絕對會氣餒。

染成咖啡色的長髮、穿得寬鬆的制服外套，以及無論對誰都能爽朗說話的個性。

明明完全符合「開朗角色辣妹」這個描述，其實卻有著「特攝鐵粉」的一面。

這就是二原桃乃——結花最好的朋友。

「喔，桃～～新年快樂～～」

「呀呵～～新年快樂，桃乃～～」

聊著聊著，班上的女生們發現了二原同學，開開心心地聚集過來。

啊，結花猛地低頭了。

多半是太久沒有相處，搞不懂該怎麼面對同班同學了吧……這種心情我能體會。

可是，聚集過來的女生們也不怎麼放在心上，開始跟結花說話：

「綿苗同學也新年快樂！」

「好的，新年了。」

「新年了……？嚴格說來，後面的快樂才是主軸吧。」

「……可喜可賀。」

「啊哈哈！綿苗同學的路線果然直接戳中我的笑點～～有種被療癒的感覺。桃，妳懂我的意思嗎？」

「我懂我懂～～！我也有夠喜歡綿苗同學！太可愛了！今年我們大家也要一起熱熱鬧鬧地過喔，綿苗同學！」

「………啥？」

為什麼這個時候要歪頭納悶啦。

結花她太緊繃，腦子已經沒在轉了啊。

——可是……

被班上同學這樣開開心心圍著說話的結花……

有點難為情地露出微笑。

所以就連我——都覺得心情溫暖了起來。

「嗨，遊一……新年快樂愛麗絲。」

這時拍了我的肩膀，才大過年就打起《愛站》式招呼的——是阿雅，倉井雅春。

刺蝟頭與黑框眼鏡都很好認，是我的損友。

「這句臺詞，是新年《愛站》連續五天登入的獎賞吧？」

「對……這獎賞很神啊，可以選擇自己推角的語音！」

「說得保守點，實在棒透了啊——聽到結奈對我這麼說時，我還以為耳朵在聽初夢呢。」

「就是啊！我也是聽到蘭夢大人祝我新年快樂——就認真覺得今年乾脆就這麼結束也行！」

「不，這未免太過火了吧……」

我和阿雅聊天的調調從國中時代就沒什麼變。

雖然我們都只說些傻話，但和有著這種關係的朋友在一起讓我覺得很自在。

就這個角度來說，我真的很感謝阿雅——

「——等等，不對！遊一，我可是真心在氣你耶！」

「…………啥？」

幹嘛突然瞪我啦？

而且《愛站》哏明明是你先提的吧？

大過年的，阿雅的情緒也太像雲霄飛車了吧。

「前陣子，我在電話裡不也說過嗎……叫你不要這麼見外，好好解釋清楚。」

「啊啊……對喔，那件事啊？」

聽阿雅說起，我感覺到腦子一下子冷靜下來。

聖誕節當天湊巧撞見阿雅時，被他看見我和居家版結花在一起。

當時由於我們趕著去找那由，跳過了解釋。

「阿雅，關於這件事，我沒打算瞞你，會好好跟你說。」

以前我一直害怕，怕我和結花的關係被別人知道——會像國中那時候一樣，變成全班取笑的目標。

雖然因情勢需要而對二原同學說出了真相……但除此之外都沒說。

甚至對離我最近的阿雅，我也什麼都沒提，一直到現在。

然而——我和結花的父親說過話，體認到了一件事。

就像結花一路努力過來。

我體認到自己也必須克服過去……往前邁進。

「是嗎……謝啦，遊一。」

「不，我才要道歉，之前都沒馬上跟你說。這說來話長——可以等到放學後嗎？」

「嗯。只要你好好解釋，這樣無所謂。只是……只有這句話我要說清楚，不然我嚥不下這口氣。」

「……要說什麼啊？」

阿雅露出平常罕見的正經表情，所以我不由得緊張起來。

可是，我不能在這個時候逃避。

我吞了吞口水，等阿雅說下去。

接著阿雅大動作比手劃腳——說道：

「我錯看你了……你都已經有心上人了，卻還花心！」

「——花心？佐方同學，這話怎麼說呢？」

就在這可以想見的範圍內最惡劣的時間點。

不知什麼時候已經和二原同學一起靠過來的結花對阿雅的話有了反應。

「花心……？就是指已經有了交往的承諾，卻還對其他女性有意思——的那個花心？佐方同學有那樣花心？」

慢著慢著，結花？

雖然是因為阿雅發言沒頭沒尾才弄得像是丟下了超大顆的炸彈……但他想說的絕對是這樣的

意思好嗎——

・已經有心上人（結奈）

・卻還（對三次元女生）花心

然而——非常遺憾的是……

結花一旦開啟了會錯意開關，就再也停不下來。

「哦……可以請你說清楚嗎？說說才大過年就做出骯髒事的——佐方同學究竟做了什麼。」

◆

以冷得像冰的眼神瞪著我的在校款結花。

在她身旁露出「這要開戰了吧……」的表情，動搖得肉眼可見的二原同學。

在教室裡說出容易讓人誤會的話，讓場面混亂的元凶阿雅。

意識漸漸遠去的我。

——瘋狂的陣容已經介紹完畢。

「那麼倉井，首先可以請你簡單說一下情形嗎？」

「好……大前提是遊一他啊，有個從國中時代就交往的美少女。」

你講前提的時候好好加上「二次元」來解釋好嗎？

你這樣說，不管結花還是二原同學都會——

「從、從國中就？佐方，這不是真的吧？咦，不可能……」

「是……是喔？原來，是這樣啊……」

你看吧！

這情形明顯就是誤會成來夢了吧！

「可是聖誕節那天，我在路上撞見這小子的時候，他身邊——卻站著另一個女生，不是我所知道的『她』！」

「你為什麼一直說得要含糊不含糊的啦！你知道的『她』根本就——」

「佐方同學，你先閉嘴。」

「佐方，你很吵，要辯解我們晚點會聽。」

咦，為什麼都沒輪到我的回合？

幾時該辯解？不就是現在嗎？

「咦，我腦子有點跟不上……倉井，首先，遊一是從幾時開始跟『她』交往的？」

「國三的冬天吧。」

「咦，真的假的？記得當時佐方確實被甩了吧！」

「啊～～……記得那個時期是有過比較嚴肅的事件。可是啊，遊一還是一直愛著『她』，終於開花結果……！」

二原同學　↓被來夢甩掉這件現實中發生的事

阿雅　↓《愛站》的事件（當時也有過幾段比較嚴肅的劇情）

「倉井同學，佐方同學有、有女朋友這件事，還有誰知道？」

「咦？二原不是認識『她』嗎？之前我們三個人一起見過面。」

你這是在說「飄搖★革命」的表演吧！你說話有夠會讓人混淆的！

「啥……啥啊！我雖然知道『她』，但我根本不知道他們在交往啊！」

「嗯？妳以為是遊一單相思嗎？……也是啦，是不會覺得遊一每天都透過手機聽對方說著愛的甜言蜜語啦。」

「每天？愛？」

就說那是指我反覆開《愛站》聽結奈語音啦！

都要懷疑這傢伙根本是故意的了……真虧你們可以雞同鴨講聊這麼久。

話說回來，就因為阿雅這種半吊子的解釋。

結花與二原同學似乎得出了「我偷偷和來夢講電話，現在還在交往」這個破天荒的解釋。

「這……這這這這……這樣啊，佐方同學，原……原來是這樣啊……嗚喵。」

結花出於誤會，眼看就要哭出來，居家款結花都快要跑出來了。

「佐方——我真的不會原諒你，我還要跟那由還有勇海說。」

二原同學出於誤會而怒火攻心。她太為結花著想，眼看隨時就要製造二次災害。

再這樣下去，不管怎麼說都太不妙了。

剛剛我的回合被擋下，但我不能再默不吭聲了。

畢竟我也想活下去。

「妳們兩個，等一下好嗎？我說啊，阿雅說的『她』是指——」

「我……我不想聽！」

到了這個節骨眼，結花竟然摀住耳朵。

她背對我蹲下去，用自己的手牢牢摀著耳朵。

「佐方，你給我適可而止。這種事……綿苗同學怎麼可能想聽？」

二原同學看著結花悲傷的背影，用嚴厲的語氣這麼說。

「不用特地聽佐方親口說也知道吧，這個『她』——就是來夢！」

「……嗯？來夢？是結奈啊，二原。」

「……啥？結奈？咦，倉井……咦？」

彷彿時間靜止了一瞬。

阿雅與二原同學一臉愣住的表情對望。

接著，二原同學似乎弄懂了這一切——滿臉通紅地大喊：

「你……你說話也太容易讓人誤會了，倉井！我真的不會放過你！」

——吵了半天。

也多虧弄懂事情原委的二原同學幫助，總算成功解開了結花的誤會。

「唉……嗯，說得也是。來夢不可能會做這種事情嘛……」

附帶一提，對於讓這場會錯意短劇發生的元凶阿雅，我就先賞了他一記拉足了角度的手刀。

「痛死了……呃，是沒錯啦，我覺得說話會讓人誤會的我也有錯。」

「『也』你個頭！九成以上都是你害的吧，阿雅！」

都這時候了還說什麼鬼話……給我好好反省啦。

但阿雅歪著頭──理所當然似的問起：

「呃，可是，我怎麼會想到跟我們讀不同國中的綿苗同學會誤以為是來夢？而且，說真的──為什麼綿苗同學會知道來夢的事？」

……啊啊，看在阿雅眼裡，的確會這樣想吧。

嗯。果然等放學後還是得跟阿雅好好解釋才行。

這也是為了杜絕──這種離譜的會錯意糾紛再度發生。

第8話 【快報】我把我的不起眼未婚妻介紹給我的損友

「感覺已經好久沒有去遊一家啦。」

「是嗎？」

「是吧。因為你上了高二以後，就很明顯不想讓人進你家啊。該不會……這也和聖誕節的美少女有關？」

就這樣，我和阿雅一路拌嘴。

結束開學典禮與簡短的班會後，走在前往我家的路上。

開學第一天剛放學，我就請阿雅直接來我家。

我要和先回家準備的結花兩個人——一起好好把事情告訴阿雅。

告訴他，其實我和綿苗結花在交往……更正，是訂婚了。

「倒是遊一，你為什麼那麼緊張？」

「咦？呃，也沒怎麼緊張……」

「真是的，你是白痴嗎……」

阿雅用力在我背上拍了一下。

挨了這出其不意的一擊，我整個人差點往前跌。

「我是不知道你在吊什麼胃口……但不管有什麼內情，我哪可能這麼簡單就被嚇到？要是你跟我客氣就不說，我可不准。」

「……阿雅。」

一想到他故意說得粗魯，卻是在緩和我的緊張——我就不由得眼頭一熱。

謝啦。

還有，抱歉……到今天都沒能告訴你。

阿雅說得沒錯，我們可是一直持續到今天的老交情。

阿雅怎麼可能只是聽到一些衝擊性的事實就動搖——

「我會整個爆發，就只有牽扯到《愛站》的時候！如果你要說的和這個無關——那我不管什麼時候都會很冷靜。」

……啊～～

如果是這樣，那麼非常遺憾。

視情況而定——也許會讓你沒辦法保持冷靜。

◆

「呀呵！我已經在叨擾啦，佐方。」

我和阿雅一起走進客廳一看，已經有一個辣妹很自在地待在那兒。

她身上還穿著制服，一副家人的模樣坐在沙發上喝著咖啡——是開朗角色辣妹二原同學。

「……喂，遊一，為什麼二原會在這裡？」

「我才想問咧……說真的，二原同學為什麼會在這裡？」

「咦～～佐方，你會不會太冷漠了？畢竟……我是負責在你想念胸部的時候登場的佐方第二夫人嘛♪是嘛是嘛♪這樣的我，在佐方要介紹第一夫人的回合……怎麼可以不在場呢？」

「遊一～～～～～～～！你這傢伙～～～～～～！我錯看你了！原來你都在做這麼令人羨慕的事情嗎～～～～！」

你根本已經不冷靜了吧。

我看著像是要流出血淚的阿雅，深深嘆了口氣。

想來結花多半是找了二原同學來當幫手——但這個辣妹，是那種可能是藥也可能是毒的類型

啊。

不知道她會往哪一邊發揮作用，我現在就開始愈想愈擔心了……

「你……你好！久等了，倉井同學！」

彷彿要撕開這樣的空氣——客廳的門被人用力打開。

阿雅所說的「聖誕節的美少女」戰戰兢兢地走了進來。

一頭柔順的黑髮在肩胛骨一帶搖動。

一雙大大的眼睛，眼角略微下垂。

而她穿的不是制服，是冬季的便服。

雖然如假包換就是綿苗結花——但和在學校的綿苗結花完全不一樣，所以阿雅八成也不會想到是她吧。

「——聖誕節的美少女。」

阿雅茫然喃喃自語。

「……嘻嘻嘻，說我是美少女，害人家多難為情啊～～」

結花對阿雅的話有了反應，開始忸忸怩怩。

還說著：「我瞀！」對我強調這點……結花，妳多少看一下場面，自重好嗎？

「嘻嘻嘻～～也要謝謝桃桃等我！」

「這哪有什麼？以往一直隱藏真實身分的變身人物終於要揭曉真相，這樣的場面超熱血的好嗎！我當然要在場見證啦！」

「啥？二原，妳認識這個美少女喔？」

我覺得二原同學妳最好還是改一下什麼都換成英雄片格局來思考的習慣。

不過……不管怎麼說——

我、居家款結花、阿雅，以及二原同學。人都到齊了。

阿雅，不好意思讓你久等啦……我這就開始解釋「她」的事。

「呃，要說來龍去脈說來話長，不過……首先我就從『她』是誰說起吧。『她』是——」

「——該不會，妳是結奈……嗎？」

「咦？啊，是！是的，我是結奈！真虧你看得出來耶！」

這個時候……一道電流從我家竄過……！

阿雅唐突地說出「結奈」發言，而結花反射性地承認了。

這讓場面上的氣氛整個變了樣。

「咦？結奈……是結奈嗎？遊一所愛的那個《愛站》的結奈公主——化為實體了嗎？」

「你是哪裡冒出來的想法啦！要是朋友突然說：『我的女朋友從二次元化為實體了。』那根本就只是恐怖片吧！」

何況現在是居家款結花。

沒戴假髮，外表也一點都不像結奈。

但阿雅他……想對我交到三次元的女朋友這個事實賦予理由，於是提出了二次元人物實體化這種極盡不科學之能事的說法。

雖然我也不知道他說這話有幾分當真就是了。

「那麼，妳不是……三次元結奈嗎？」

「啊，咦，這……這個嘛，嚴格來說，該說是二．五次元嗎……」

接著——

結花一旦慌了手腳就再也停不住。

「二．五次元？照這樣說來，不就是和泉結奈了嗎？」

「咦……咦？是和泉結奈這件事穿幫了……咦？桃桃，我們有說溜嘴，說出我就是和泉結奈

這件事嗎？」

「沒有人說溜嘴！雖然沒有人說，但結結妳剛剛就自爆了啦！」

「咦，和泉結奈？遊一的女友是她？真的假的，遊一！還是說是我——闖進了《愛站》的世界？」

——就這樣……

就在《愛站》重度玩家阿雅的破天荒發言——

以及不管本性還是當聲優時都少根筋的結花慌了手腳而自爆的發言之下——

我「女朋友」的真實身分就是「和泉結奈」這件事才起手就穿幫了。

萬萬沒想到——竟然是在解釋她就是「綿苗結花」之前。

◆

我女朋友＝和泉結奈。

這事實被阿雅得知，導致我解釋與結花開始交往的原委之前，就先引發了一陣小小的騷動。

結花慌了手腳，我也陷入半恐慌狀態。

阿雅又是那個樣子，一直在奇怪的亢奮情緒下瘋狂動搖。

這種場面能依賴的就是我們的英雄——開朗角色辣妹。

二原桃乃是也。

「慢著慢著～～！大家先冷靜一下！」

她先拍了手，讓我們三人安靜下來後。

清了清嗓子——然後露出剽悍的笑容。

「好啦，改變你表演時間的路過的唯一一人……來臨！二原桃乃大人！看我把你遠遠甩在後頭……所以呢！這個場面就暫時交給我主持！」

就這樣——二原同學以特攝節目《假面跑者聲靈》的名臺詞控制住場面後……

帶著結花離開了客廳。

而剩下的……就是我與阿雅兩人。

「唉……我真的嚇了一跳，還想著一心一意愛著結奈公主的遊一竟然交到三次元的女朋友，

真沒想到竟然是裡面的人……這我總算想通了。」

「不不不，你也太快想通了吧。換作我站在你的立場，應該會混亂一整天啊。」

「會嗎？對我來說——你說和泉結奈就是你的女友，我還覺得自然多了。」

……………不，沒有這個道理吧？

損友的女朋友竟然是這個損友推的女角的聲優耶。

這樣太沒現實感，滿滿都是吐槽點吧？

「畢竟是從來夢那件事以後就一直——迴避三次元戀愛的結一交到了女朋友耶。一般女生哪擔當得起？」

阿雅突然以鎮定下來的聲調這麼說。

然後開心地咧嘴一笑。

「而且啊，你是『談戀愛的死神』……是比誰都更一直愛著結奈公主的最強粉絲，不是嗎？是這樣的『死神』奪下了結奈公主裡面的人的芳心耶，這不是讓人覺得——很有夢想嗎？」

看到阿雅對我露出這種沒有一絲陰霾的笑容。

我隱約覺得——終於能放下肩上的重擔。

我有了這樣的感覺。

「……我跟她是從升上高二沒多久開始的，之前都沒能告訴你……抱歉。」

「這沒什麼好道歉的。我們是老交情了，我當然懂。自從發生和來夢那件事以後，你就一直避免深入提到自己的情形嘛。」

「是啊。不過，從今以後——我打算一步步面對自己的過去。所以今天我會好好跟你解釋清楚……阿雅。」

「嗯，我會好好從開頭聽到結束喔。畢竟目前我還只知道她就是和泉結奈，至於你們怎麼會開始交往，這些都——」

「——噔噔～～！久等啦！各位……大家好愛麗絲！」

正當我們兩個男生說得心有戚戚焉時。

客廳的門被人用力打開，一名少女走了進來。

——她是不折不扣的天使。

咖啡色頭髮在頭頂綁成雙馬尾。

像貓一樣圓嘟嘟的嘴。

粉紅色連身洋裝搭配黑色過膝襪的組合，解放了一種叫作絕對領域的最強力量……

「等等！妳為什麼換裝成和泉結奈模式啦！」

「這位客人你先別急……就說這個時候交給我主持了。」

二原同學繼打扮成和泉結奈的結花之後，一臉得意洋洋地走進來。

這個特攝辣妹是打算做什麼啊？

「好的，結奈……請說臺詞！」

「你好！我是和泉結奈——在《愛站》擔任結奈的聲優！還有，其實啊……我還是在場的佐方遊一的『未婚妻』！」

結花以非常正常的聲調……

扔出了殺傷力高得不得了的炸彈。

「未……婚……妻……？是《除以五的未婚妻》裡面知名的那個……？」

「嗯！我不是小遊的女朋友……唔嘻嘻！是和小遊互訂終身的未婚妻～～！」

「…………真的假的？」

阿雅彷彿靈魂從嘴巴飛走了似的，雙手下垂，眼神呆滯。

不過當然是會這樣啦。

「暫停暫停！妳們兩個無視順序，突然丟出爆炸性發言，是打算怎麼收場啦！」

「嘖嘖嘖……佐方，你太嫩了。也有一種做節目的手法就是開頭先丟震撼彈，營造出現場感，牢牢抓住觀眾的心！」

「就叫妳不要用特攝的眼光來看現實了！妳這已經到特攝病的領域了啦！」

我和二原同學還在爭論。

和泉結奈——結花走到發呆的阿雅身前。

——戴上從口袋裡拿出的眼鏡。

拿下假髮，迅速將自己的黑髮紮成馬尾。

沒錯，這樣一來……轉眼間和泉結奈就變成了在學校的那個古板的綿苗結花。

「綿……綿綿綿綿……綿苗同學？綿苗同學是和泉結奈？和泉結奈是遊一的未婚妻？我是他，他是我……我是，蘭夢大人……？」

才不是。你是用了什麼錯得離譜的算式才會得出這種結論啊？

啊啊，為什麼事情會搞成這樣……

虧我還想按部就班，和阿雅好好解釋我和結花的關係。

就因為未婚妻和辣妹整個失控，將真相告知阿雅這件事——迎來了實在太混沌的結果。

第9話　還能有什麼組合比眼鏡和馬尾更搭巫女服？

第三學期的開學典禮結束後，二原同學與阿雅來到我家。

一些小小的差池讓狀況一時間陷入混亂。

但最終來說……我的未婚妻是綿苗結花，也是和泉結奈這件事——

還有像是我和結花在一起的契機是出於彼此的家長擅自決定的婚事等等。

概略的情形都告知了阿雅。

「唉～～……原來啊。在學校很古板的綿苗同學，在家是個開朗的美少女，而且還是聲優和泉結奈。這樣的綿苗同學和遊一某天因為彼此的家長決定的婚事，成了未婚夫妻，現在過著同居生活……是吧。」

我正想著阿雅是不是透過說出來的方式反芻我們的說明。

——緊接著阿雅就一把揪住我的衣領，開始用力搖晃。

「這種像泡妞遊戲設定的情形是怎樣？就算說現實比小說更離奇也該有個限度吧，限度！」

「……是會這樣想吧。換作我站在相反的立場，我應該也會這麼說。」

我被他前後搖晃身體，心情變得像是悟了道的人。

仔細想想，自己都覺得這情形既不現實也不合常識……但這就是現實，也沒辦法。

「好啦，倉井，你也該適可而止了。再怎麼搖佐方，狀況也不會變吧？」

「……哎，話是這麼說沒錯啦。」

阿雅被二原同學制止，放開了我的衣領。

接著深深嘆一口氣——發牢騷似的說了：

「遊一你也太見外啦。雖然我現在是知道來龍去脈很複雜了，可是既然二原都知道，你明明就可以早點告訴我的。」

「……關於這點，抱歉。正因為你是《愛站》的鐵粉，我才更覺得我跟和泉結奈訂婚這件事——不方便說出口。」

「你真笨。」

阿雅忿忿地這麼一說——在我頭上輕輕打了一下。

然後他直直伸出拳頭。

……往我胸口用力一頂。

「你要多相信朋友。不管你和誰交往，製造出什麼樣的黑歷史，我都不管。我們的關係沒有

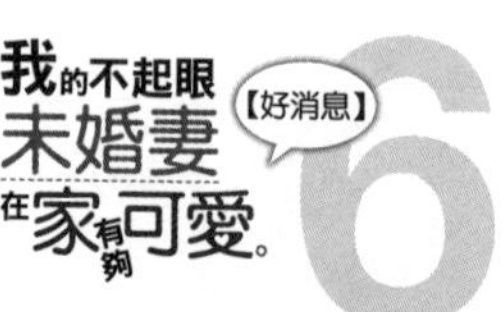

那麼淺，不會這麼簡單就讓緣分走到盡頭吧。」

「……也對。真的對不起啊，阿雅。」

說著我也伸出拳頭——抵在阿雅的胸口。

「以後我不會再有事瞞著你了。」

「那還用說，笨蛋。」

阿雅雖然說得粗魯，卻笑得很開心。

看到這樣的阿雅，連我都覺得臉頰放鬆了。

結花看著我們，開始鼓掌。

「好好喔，男生之間的友情……有夠棒的！我在旁邊看著都燃起來了！」

「……妳剛剛是說萌起來了？該不會是指ＢＬ那種意思？」

「……不是啊～我是指火燒起來的那種燃喔～～」

說中了嗎？

我是知道結花連那方面都有涉獵啦。

不過不要連我都扯進ＢＬ時空好嗎？

「話說回來……好意外，原來綿苗同學也是挺貨真價實的御宅族啊。」

阿雅看著結花因為不可告人的事情眼神發亮的樣子，喃喃說起。

對此，結花有些畏首畏尾，但仍回答：

「嗯……嗯。《除以五的未婚妻》我也喜歡，而且這季的動畫我也追了不少，ＢＬ也……看了一點點。總……總之，不管漫畫還是動畫，我——都好喜歡！」

「我是有夠喜歡特攝節目！順便說一下，現在最火紅的，是即將迎來最終決戰的《花見軍團滿開戰隊》！」

順著這樣的趨勢，連二原同學都坦白了。

我看著二原同學的側臉……想起她曾說過數次的信條。

哪怕是朋友，哪怕是開玩笑，都不能容許我愛的特攝節目被人嘲笑。

所以，為了珍惜特攝，也珍惜朋友——我要對自己的興趣保密。

我想有著這種信條的二原同學會坦白，多半是因為相信阿雅，相信他不是那種會嘲笑別人喜好的傢伙。

可是……不只是這樣。正因為結花踏出了一步——

二原同學才湧起了踏出這一步的勇氣——我有這樣的感覺。

「喔～～真的假的！妳們兩個都好熱血啊！順便說一下——我是愛《Love Idol Dream! Alice

Stage☆》愛到痴狂！然後，我會永遠愛蘭夢大人！」

而阿雅對於兩人的坦白，一點也不退縮。

相互肯定彼此的「喜歡」，由衷打成一片。

這件事看似簡單，其實困難——我想我們四個人終於能夠做到這件事了。

「對喔，倉井是推蘭夢師姊嘛。不管是表演還是平常的舉止，蘭夢師姊真的都好帥氣啊！」

「——！對……對喔……綿苗同學是和蘭夢大人組『飄搖★革命』的搭檔……不妙啊。順……順便問一下，可以要到蘭夢大人的簽名嗎？」

「不可以這樣～～而且，我也是聲優耶～～跳過我，只討蘭夢師姊的簽名，那不是太失禮了嗎！」

「結結別氣別氣。雖然倉井的推角不一樣，但一心一意支持結結的粉絲不就在那兒嗎？」

「……唔嘻嘻！小遊，我最喜歡你了！」

「等等……結花！不可以！不可以因為情緒亢奮起來就在人前擁抱——」

「喂，遊一……我是說過要你相信朋友啦，但我可沒說你們可以在我眼前秀恩愛！你這個臭現充～～～～！」

就這樣，雖然最終我還是被阿雅使出了鎖頭招式。

雖然被二原同學還有阿雅小小揶揄了一下。

但和國三那時候不一樣，我們大家——能夠一起笑著說這件事。

◆

我們四個人互相吐露了各式各樣的祕密後，來到附近的神社。

元旦我跟結花就一起去新年參拜過，但她說：「我也想和桃桃他們一起去新年初次參拜！」不肯讓步。雖然我總覺得第二次去就已經不是初次就是了。

「喔～～！結結，妳穿這樣有夠好看！這已經是真的巫女了吧！」

「有……有嗎……」

也因為新的學期從今天開始，附近的神社沒什麼人來。

在閒散的神社土地範圍內，結花難為情地往上看著我。

雖然隔著眼鏡讓她眼角有些上揚，但或許是因為露出撒嬌的表情，印象不像平常那麼古板。

「怎……怎麼樣呢，小遊……我穿成巫女的模樣。」

眼鏡&馬尾這樣的學校裝扮。

再請神社的巫女幫結花穿上巫女服的——新・學校款結花。

「喂，遊一，講幾句機靈的話來聽聽啊。換作是遊戲，你選擇無言的那一瞬間，旗標就折了好嗎？」

「不要說笑啦，笨蛋。」

我一邊應付在身旁開玩笑的阿雅，一邊小聲回答：「很好看。」

結花聽到這句話，在眼鏡底下瞇起眼睛說：「嘻嘻嘻嘻！被小遊稱讚了♪」還開心地搖著身子。

「倒是巫女姊姊，請問為什麼我不能穿巫女服呢？」

「對不起喔，我們神社辦的巫女體驗規定咖啡色頭髮是不行的。畢竟雖說是體驗，仍是在神明跟前……」

「真的假的？如果跟勇海借假髮，不知道是不是有機會……」

二原同學遺憾地發著牢騷。

不只是頭髮問題，妳這種徹頭徹尾很辣妹的言行舉止，和巫女的契合度就是零吧……照常理

推想的話。

這間神社似乎平常就在辦巫女體驗。

讓人穿上和真正的巫女一樣的白衣紅袴，在真正的巫女指導下體驗巫女的工作。

結花與二原同學發現了這種巫女體驗活動，兩個人說得很起勁。

也因為參拜的人少，真正的巫女立刻幫忙換衣服……於是巫女結花也就這麼完成了。

雖然因為禁止髮型太搶眼的人體驗，二原同學只能在旁邊看就是了。

「那麼，請拿著這個。」

真正的巫女遞出玉串，結花恭敬地接下。

換作是平常的結花，慌張會表現在臉上……但現在她和學校款一樣，戴著眼鏡&綁馬尾。

結花佩戴眼鏡這種「束縛」，藉此壓抑住表情，得以做出平淡的對應。

……那副眼鏡是有什麼不可思議的力量嗎？雖然未免問得晚了。

「結結，有夠漂亮……不妙，我都心動了。」

「戴著眼鏡就讓人覺得是平常的綿苗同學啊。這樣的她，當聲優就會變成結奈，在家又變成那個笑咪咪的綿苗同學……好猛啊。」

二原同學與阿雅各自說出自己的感想。
而在另一邊，結花被交付了在神社才有機會看到的搖鈴。
然後走向跪坐著等待的我們三人——
面無表情地低頭瞪向我們。
「呃……我是第一次看到巫女瞪人耶。」
「這是在神明跟前，佐方同學，肅靜。」
我覺得巫女在神明面前瞪人才更有問題吧。
不過以結花的情形來說，多半只是緊張導致表情僵硬啦。
——鈴鈴鈴。
結花在我們頭上搖鈴。
「但願能和蘭夢大人結婚，但願能和蘭夢大人結婚，但願能和——」
「……這可不是流星。你啊，小心遭天譴。」
我糾正說著傻話的阿雅。
接著不經意——看向坐在另一邊的二原同學。
二原同學正襟危坐，手放在膝上，靜靜地閉眼不動。
——她正經地祈禱，從她平常開朗活潑的模樣簡直無法想像。

「……各位覺得怎麼樣呢？」

結花慢慢放下手上的搖鈴，歪過頭。

「嗯，簡直像真的巫女呢，結花。」

「……嘻嘻嘻……咳！謝謝你，佐方同學。」

總覺得剛剛有那麼一瞬間，神明跟前有一位表情鬆散的巫女。

我們正說著話，二原同學便緩緩睜開眼睛，笑著對結花說：

「結結，妳棒透了！這一定會有夠靈驗的啦！」

「哼哼～～♪打掃，打掃～～♪」

「那個……掃地時請不要哼歌。」

「啊……對……對不起！」

結花緊張的情緒鬆懈下來，在神明跟前天真地哼起歌，結果被叮嚀了。

戴著眼鏡一臉「搞砸了」的表情在反省的結花頗為新鮮。

感覺得到她對我們幾個人就是能這麼不設防。

——由於國中時代苦澀的經歷，結花一直抗拒與他人交流。

然而，她在校慶、教育旅行、第二學期末的慶功宴等——各式各樣的場合努力過。

漸漸變得能夠展現本色了。我是這麼想的。

看著結花像這樣不斷前進……我忽然回想起結花的爸爸對我說過的話。

——遊一，結花從你身上得到了什麼呢？

……是啊。

我發誓自己也要克服過去，讓自己能夠回答這個問題。

為了能以「丈夫」的身分和結花一起——往前邁進。

「怎麼啦，佐方？看你有點消沉，該不會是想進胸部時間了？要我用胸部埋住你的臉嗎？」

二原同學理所當然地開起不得了的玩笑。

但我不像平常那樣開玩笑回應。

——對我來說，最是必須克服的過去就是國三那一天的事情。

如果一直不去正視那件事，相信我不管過多久都回答不了結花父親提出的問題。

正因為這樣，我才毅然對二原同學說：

「二原同學，問妳喔，在妳看來，那個時候來夢……為什麼會散播她甩了我的消息？」

——二原同學聽了我的話，吃了一驚似的瞪大眼睛。

接著，彷彿剛才的傻笑沒存在過似的……

她的表情……變得像是隨時都會哭出來。

「……咦？二原同學？」

「就是啊，想也知道就佐方看來……是會這樣想，而且這幾年來也一直很痛苦啊。」

「喂，你們兩個在嚴肅什麼啊？」

我們的氣氛變得尷尬，阿雅一臉狐疑地朝我們靠過來。

身後還有似乎打掃完畢的巫女裝結花。

「桃桃，妳還好嗎？感覺妳……表情看起來好像很難受？」

「……謝謝妳，結結。是我自己變成這樣，佐方什麼都沒做……真的，他什麼也沒做。」

咦，這說法是怎樣？二原同學，要解釋就好好解釋好嗎？

妳看，就因為妳這樣含糊其辭，他們兩個都……

「……遊一，你幹了什麼好事吧？」

「幹了什麼啦！我什麼都沒做啊！」

「……該不會，和胸部有關？有關吧？小遊你喔～～！」

「無關，不要血口噴人！算我求妳，結花，不要一臉懊惱地按住胸部！神明在看！」

因為突如其來的冤罪，阿雅跟結花吵吵鬧鬧地一起數落我。

——二原同學在一旁一直看著我們這樣。

悲傷地垂下眉毛，微微一笑。

「……佐方啊，剛剛說的那件事……你是想知道『為什麼』這個答案，這樣解釋沒錯吧？」

看到二原同學不像平常的她，讓我大惑不解，但仍緩緩點頭。

「對。因為我覺得總不能一直逃避黑歷史。」

「這樣啊……ＯＫ，我明白了。」

接著，二原同學也點點頭——以破音的聲調說：

「也好，這樣繼續保守『祕密』……我也差不多要受不了了。」

第10話 【解禁】特攝系辣妹似乎要說出隱忍不說的祕密

——也好，這樣繼續保守「祕密」……我也差不多要受不了了。

二原同學平常只有超級開朗角色作風的舉止，又或者是大談特攝這二擇，卻難得吐露這樣的喪氣話。

在這樣的情形下，我、結花、二原同學與阿雅四個人——

等結花的巫女體驗結束後，來到了附近的一間速食店。

「這樣啊。不是小遊做了什麼，而是桃桃想起國三時的事，覺得很難受啊。」

結花把眼鏡放在桌上，解開了紮成馬尾的頭髮。

一頭黑色長髮直直散開，迅速變為居家款結花。

而在結花身旁，二原同學低著頭不動，沒用手就直接含著吸管喝奶昔。

「小遊，對不起……我誤以為是講到胸部，整個人都激動起來……沮喪。」

「沒關係啦，妳明白了就好。」

「……胸部。綿苗同學說出，胸部。」

彷彿要用ＴＮＴ炸藥把現場的氣氛炸了。

阿雅說出了很白痴的話。

「……我只是在說情境喔，像遊戲或是動畫裡的角色，個性正經八百又古板……這個嘛，就當是個眼鏡妹吧。這樣正經的眼鏡妹滿臉通紅地說出『胸部』……遊一，你覺得怎麼樣？」

「你……一臉正經地在講什麼鬼話？」

「這樣不是很萌嗎……會讓人忍不住對這個落差萌起來啊……！」

「阿雅、阿雅，我差不多要用漢堡打你了喔。」

「而且這根本是性騷擾！這不就是對我的性騷擾嗎！小遊，你的未婚妻被性騷擾了～～！警察先生～～犯人在這裡～～！」

「等等！綿苗同學，妳冷靜點！是我不好！妳這樣大喊，其他客人會報警的！」

「真是的！告訴你，可以對我說色色的話的就只有小遊！倉井同學禁止說！」

「遊一就可以喔？未婚夫妻好猛啊！」

結花指著阿雅大聲嚷嚷。

阿雅瞪大眼睛大聲嚷嚷。

大概是受到這樣的氣氛衝擊吧……二原同學噗嗤笑了出來。

「啊哈哈哈！真是的，大家在搞什麼啦！你們這樣一鬧，獨自沮喪的我不就像個笨蛋嗎？」

二原同學先哈哈大笑了好一會。

然後用指尖擦去滲出的眼淚——恢復一如往常的笑容。

「真的很抱歉。我自己有些感觸……弄得進入了不像我作風的模式。」

「……桃桃。」

結花盯著伸了伸舌頭掩飾難為情的二原同學。

忽然將手放到她染成咖啡色的頭髮上。

接著——輕輕摸了摸。

就像在安撫小朋友，輕輕摸著二原同學的頭。

「結結……這樣有點害羞。」

「嘻嘻嘻，有什麼關係嘛～～我就是想摸摸桃桃的頭啊。」

接下來好一會，二原同學都任由結花摸自己的頭。

然後先對重新在自己的座位上安分坐好的結花笑了笑——這才以平靜的聲調對我問起：

「佐方你在國三那年冬天表白，被來夢甩了。之後……你不懂為什麼來夢要散播消息，一直想不通……這樣沒錯吧？」

——為什麼來夢要散播消息。

重新聽別人這麼說起，我就覺得像是被人用手伸進喉嚨一樣，呼吸變得困難。

可是……我用力忍了下來。

「嗯。既然妳知道就請告訴我，二原同學。」

「喂，遊一，你為什麼要特地做這種挖開舊傷口的事情啊？」

阿雅用有點快的說話速度介入我與二原同學之間的對話。

他平常總是傻笑，難得看到他露出這麼認真的表情。

「有什麼關係嘛，你不是已經有了綿苗同學這個對象嗎？你不就是不想再受到更多痛苦……才一直避開這樣的話題嗎？事到如今，又何必去把來夢的事情翻出來……」

「阿雅，謝啦，謝謝你這麼擔心我。」

我將手輕輕放在這個損友肩上。

「阿雅你也知道，我從那個時候起——就一直逃避和三次元女生談戀愛。」

「……可是，現在的你有綿苗同學陪著。」

「對。的確，我和結花訂婚，一起生活。結花不管什麼時候都面帶笑容，都那麼拚命——的確讓我每天都能過得很開心。」

我說到這裡先停頓一下，調整呼吸。

然後我……吐露一切似的說了。

「可是，在我內心深處還是會擔心如果再次受傷怎麼辦……還是有個像這樣害怕與三次元女生談戀愛的自己。我這個樣子，沒有資格當未婚夫吧？所以我就想——得好好面對自己的過去，為了以後能和結花一起往前邁進。」

「……呵……嘿……唔嘻……呵～～……」

結花仍然閉著嘴巴，身體開始抖了起來。

我想她多半在忍耐，但都冒出怪聲了，完全沒忍住想嘻嘻笑的心情。

「——嗯，佐方的心意我明白了。你想知道當時的真相，想結束過去……是這麼回事吧？剛剛我也說過，我也差不多快受不了繼續保守『祕密』了，所以……我想也許是時候了。」

「……唔嘿……呵……呵～～……」

結花，結花。

算我求妳，妳還是「唔嘻～～」吧？不然有夠讓人分心的。

「對了，二原同學，我從剛剛就很好奇……妳說的『祕密』，到底是什麼事？」

「要說出這『祕密』，我得做出唯一的請求——對結結。」

「…………唔嘻～～！對……對我？」

結花嚇了一跳的同時，吐出了蓄積已久的「唔嘻～～」。

二原同學看到結花這樣，似乎放鬆了些地笑了笑。

「桃桃，妳說有事請求我，是什麼樣的事啊？」

「別看我這樣……我是那種對約定、道理都會好好遵守的類型。」

「這我當然知道！桃桃非常善良，非常為別人著想，是個很棒的孩子。可是，這和我有什麼關係──」

「既然有約定，我認為由我擅自揭曉『祕密』實在是不太對。我就想，如果要說這件事，就得由拜託我保守『祕密』的本人……好好跟你們說才行。」

「……拜託妳保守『祕密』的本人？」

聽二原同學說得迂迴，我歪過頭。

二原同學先朝這樣的我瞥了一眼，然後說：

「對。當時的情形，來夢曾經請求我──保守一個『祕密』。」

──來夢拜託二原同學保守的「祕密」？

聽到這句話，我覺得背脊竄過一陣電流。

結花擔心地用力握住我的手。

接著二原同學……對結花深深低下頭。

「所以我……必須先拜託佐方的未婚妻結結——答應在告知這個『祕密』的場合……讓來夢本人參加。」

◆

『呿！二原果然和那個淫魔互通嘛。』

我們在速食店解散，我和結花兩個人回到家後。

我躺在客廳沙發上，發著呆打ＲＩＮＥ訊息。

我傳訊息的對象是令人疼愛的家妹那由。

『說互通有語病吧。因為她說自從上了高中以後，就沒和來夢聯絡了。』

『可是在這之前，她不是都忠實地遵守那個淫魔的命令嗎？既然這樣，果然我一開始的推理就猜中了吧。』

的確，那由在與二原同學變熟之前——就曾說過二原同學是來夢的手下，還有開朗角色辣妹會接近我，一定是有什麼內幕之類的話。

可是…………

『妳的推理有一部分說中，這我承認啦。可是妳也不認為二原同學背地裡和來夢勾結，懷著惡意行動吧？』

『……是不至於啦。我也喜歡二原，而且事到如今我也不會再懷疑有內幕。可是，還是會不太痛快吧。啊～～好煩……這全都是野野花來夢做的好事。』

「小遊～～！嗚喵～～！」

——我正用RINE和那由聊著。

結花就猛力朝我撲了上來。

讓我手一滑，手機掉到地毯上。

「結花，妳到底怎麼——等等，妳這是什麼模樣？」

我將視線挪到結花身上，不由得嚇了一跳，驚呼出聲。

因為結花……身上只圍著浴巾，根本沒穿衣服。

肌膚滑嫩的肩膀、漂亮的鎖骨、纖瘦的手臂。

再加上從浴巾露出的，胸部上半部。

……再怎麼說都太讓人無法直視了，我都要發瘋了。

「先……先穿好衣服再說吧，結花？」

「不要。」

「為什麼！我完全不懂為什麼會立刻拒絕！」

「就～～是～～不～～要～～因為我……我才正要……和小遊，一起去洗澡！來，小遊也把衣服，脫掉！」

「呀啊啊啊！妳為什麼想脫我的衣服啦！住手，住手啊！」

結花想拉起我的T恤，我扭轉身體抗拒。

結花似乎對此不滿，鼓起了臉頰，像個鬧彆扭的孩子一樣鬧著。

「不～～要～～小遊也要被脫，不然我不～～要～～！我們兩個人要裸裎相見～～！我們要進浴室，兩個人貼～～在～～一～～起～～！」

「呃，結花，妳知道自己在說什麼嗎？」

「……不可以嗎？」

「不可以。」

「……那如果是色色的事，你就肯做？」

「妳是白痴嗎！」

結花接連說出怎麼想都不像是神智正常的人會說的話。

我全力扭轉身體，從結花底下鑽出來……先讓結花在沙發上坐好，然後在她身旁坐下。

結花仍然只用一條浴巾圍著身體，往上瞪著我。

「……哼～我要抱怨，這樣子……我要告小遊！」

「法官都會嚇一跳好嗎，這種驚奇案件……我姑且還是問清楚，結花，妳該不會是……色女的資質覺醒了？」

「才沒有覺醒好嗎！笨蛋～笨蛋～小遊是宇宙無敵笨蛋～！想也知道我也很難為情吧！雖然很難為情，覺得這樣很不檢點……但我就是有一點點不安，才會這麼努力嘛。」

不安？

聽到這句話……我總算搞懂了結花為什麼會有這些行動。

——拜託結結答應在告知這個「祕密」的場合……讓來夢本人參加

雖然結花對二原同學的這句話是立刻面帶笑容回答：「嗯！我相信小遊，所以沒問題！」

就是說啊……這種事情對結花而言，當然不好受。

「對不起，結花。如果妳不想，我馬上聯絡二原同學拒絕……」

「不是的！我相信小遊，而且也不反對你和來夢同學見面……如果你能透過這次見面整理那段難受的過去，那就是見面比較好。我是真心這麼覺得喔。」

可是啊——結花接著說了。

她仍然只圍著浴巾，用力抱住我。

我對結花激進的樣子怦然心動之餘——也回抱結花。

「……還是會有一點點不安。我就只是希望小遊寵寵我。對不起喔……我這個未婚妻這麼任性。」

「不會啦。妳愛怎麼撒嬌都行，想任性就儘管任性，只要這樣能讓妳維持平常的笑容。」

「……嘻嘻嘻！小遊不管什麼時候都好體貼喔。謝謝你，小遊！不管是今天、明天、後天，我都會一～～直……最～～喜歡你。」

之後我和結花直到深夜——

就在一起看看動畫、吃著零食聊聊天、摸摸頭當中度過。

於是——下一週的週六到了。

我與結花來到和二原同學約好的車站驗票閘口前。

「嗨，遊一，還有綿苗同學。」

一走出車站驗票閘口，站在那兒的是穿著便服的阿雅。

「明明是假日還特地來陪我，謝啦，阿雅。」

「也沒有人拜託我，是我自己來湊熱鬧，所以別放在心上。好人做到底啦。」

看到損友露齒一笑，說出耍帥的臺詞，我便不由得笑出來。

然後，從下一班電車走出來的二原同學——和我們會合。

她穿著白色收腰長版上衣搭配牛仔短褲。

戴著有看似百合花墜飾的項鍊。

啊啊，這便服我之前也看過——是《花見軍團滿開戰隊》的滿開莉莉平常穿的。

「那麼，來夢已經在等了……我們走吧。」

從車站走了兩分鐘左右，我們四個人來到一家當地的咖啡館前面。

記得之前有過唯一一次和結花購物後來到這裡啊。

——咖啡館「石灰燈」。

是由來夢的母親經營的一家小小的咖啡館。

「那麼小遊，去吧！」

結花陪我一起來到這裡，但要見未曾謀面的來夢似乎還是有所顧慮……所以她說會在附近的

家庭餐廳等我。

「結花，我馬上就結束了。一下就好……等我。」

「嗯！我等你，小遊！」

我們先面帶笑容道別，然後我背向結花。

一邊壓抑這令人呼吸困難的感覺……一邊直視咖啡館「石灰燈」。

我們三個人就要去見來夢。

去見她，把一切弄清楚。

弄清楚國三那年冬天，我和來夢之間那件事的——真相。

第10話
【解禁】特攝系辣妹似乎要說出隱忍不說的祕密

☆黃色的天竺葵盛開☆

直到小遊他們的身影消失在店內，我都一～～直揮著手目送他們。

然後，當店門砰的一聲關上。

我才用力嘆了一口長長的氣。

「……回去以後，我可要用力撒嬌喔。小遊是笨蛋～～」

雖然我一點也不認為這是小遊的錯。

雖然對桃桃給了小遊也許能往前進的機會也覺得感謝。

但無論如何……就是會不講理地吃醋啊。

我也許占有欲還挺強的。

可是，只要之後他寵寵我，我就能夠忍耐──這種程度的吃醋應該沒關係吧？

我這樣整理自己的心情。

「小遊，加油喔！」我嗚喵一聲，對咖啡館送出這樣的意念。

然後轉過身，準備去家庭餐廳消磨時間。

「咦？不喝杯咖啡再走嗎？」

——站在那兒的……

是個留著栗子色短鮑伯頭，感覺很柔和的女生。

不知道年紀是不是和我差不多，她的眼睛又大又圓，好可愛……

「啊，對不起喔，突然跟妳說話。可是，這間咖啡館的咖啡非常好喝，去其他店會有點可惜喔～～」

「呃、呃……的確是這樣呢。怎……怎麼辦好呢～～……」

嗚嗚，我被人推薦就很不會拒絕……但小遊他們，還有來夢同學，就在裡面說話。總覺得不太方便進去……

「咦？感覺是不是不應該推薦妳？妳對剛剛走進去的客人揮手，我還以為你們是朋友呢。」

「不……不會。是朋友沒錯啦，就是有點不方便進去……」

「而且，沒戴眼鏡的那位男生是妳的男朋友吧？」

「是的。他是！」

啊……我搞砸了。

我太不會跟人溝通，會不小心就說溜嘴……就算是不認識的人，這樣也不好，我真是的。

「果然～～你們感覺很登對，所以我就覺得一定是～～」

「我們很登對嗎？」

啊……我又來了。

我暗自懊惱，但她開心地「啊哈哈～～」笑了幾聲。

「妳一定非常喜歡妳男朋友吧。請問你喜歡他什麼樣的地方～～？」

「呃、呃～～……他是個非常體貼的人。像是我難過的時候，想哭的時候，他就算什麼都不說，也會摸摸我的頭……其他時候又會陪我一起笑。」

「嗯嗯。」

「……他就是這麼棒的人。可是我總覺得他的內心深處有個『寂寞的小孩』。」

「寂寞的小孩？」

「是。他之前經歷了很多難過的事情，但還是一直非常努力地生活——我就覺，那個小小的他在哭，哭著想多撒撒嬌。」

——小遊的精神創傷不是單純來自來夢同學。

聖誕節那時，小遊把臉埋在我胸口睡著。

那個時候，我就心想——

直到現在，小遊心中……仍然有那個小小的小遊，想對離開的母親多撒撒嬌。

「妳就想療癒他這種寂寞的心？」

短鮑伯頭的女生用跟先前一樣的聲調問起。

……感覺好不可思議。

明明應該是第一次見到的人，明明感覺就是個尋常的高中女生。

我為什麼——這麼能夠說出自己的心情呢？

「對，我想療癒他。我心想……如果這樣能讓他跟我一起笑就太好了。」

「妳好體貼喔～我只顧自己就沒有餘力了，所以——我真的覺得妳這樣很帥氣。」

她說著爽朗地一笑，牽起我的手。

而我讓她牽著手，轉身——面朝向咖啡館「石灰燈」。

「欸，如果不介意，要不要一起喝杯茶？我想多聽聽妳的事情。」

「呃，可是……」

「我請妳喝咖啡喔～～還有，附好吃的蛋糕。」

「嗯、嗯～～……」

被人這麼盛情邀請，我就會很難抗拒啊。

而且，我也覺得……想跟這個人多聊聊。

「那麼，只有一下下……可……可是！得和他的座位離遠一點，不然會有點不方便說話。」

「嗯，了解～～那我們走吧。」

我們就這麼準備走進店裡時。

我在店門口角落發現一株黃色的天竺葵悄悄開著花。

……咦，是哪本漫畫來著了？

有個場面，黃色天竺葵的花語成了劇情的關鍵。

所以我才會記得。沒錯，記得那個花語是——

——「意想不到的邂逅」。

第11話　我的黑歷史睽違兩年後醒來

結花用力揮手送別下，我、二原同學和阿雅一起走進了咖啡館「石灰燈」。

明明是週末，卻只有兩名像是熟客的客人坐在吧檯，沒有連鎖店常有的那種喧囂感。

我們在窗邊的桌席坐下，先翻開菜單看看。

這時一位有些年紀的女性店員端了符合我們人數的水來。

「歡迎光臨……哎呀，這不是桃乃嗎？」

店員說到一半，彷彿忘了工作似的拉高音量。

二原同學有些尷尬地露出笑容。

「好久不見了，來夢的媽媽。」

「真的好久不見了呢～～國中的時候妳不時會來玩……對喔，都已經是兩年前了呢。妳變得這麼漂亮。」

「啊哈哈，謝謝伯母誇獎。」

暑假之前唯一一次來到這間店時，她和我與結花也都見過。雖然想來對方應該不記得只來過

一次的客人。

沒錯，這個人就是——咖啡館「石灰燈」的老闆野野花女士。

是野野花來夢的母親。

「呃……來夢，在裡面嗎？」

「來夢？桃乃，妳該不會和來夢約好了？那孩子也真是的……這種事情都不告訴我。」

來夢的媽媽傻眼似的嘆著氣，發起牢騷。

「剛剛她就晃出門了。既然約了人，就該乖乖待著才對啊。」

「我回來了～」

就在我們聊著這些真的沒什麼特別的話題時。

告知有人入店的鈴聲噹啷噹啷地響起。

進入我視野的——是個栗子色頭髮剪成短鮑伯頭的少女。

一雙又大又圓的眼睛、有點粗的眉毛。

寬鬆的黃綠色大學T長到膝蓋，底下露出沒有遮掩的苗條雙腿。

底下應該還穿著短褲，但都被大學T遮住，乍看之下看不出來。

這個穿得這麼休閒，醞釀出一種溫和氣氛的女生……

和那個時候簡直沒有兩樣——是野野花來夢本人。

「對不起，桃乃～～我在店門口聊太久，遲到了。」

來夢以全不當一回事的態度這麼說。

手用力一拉——把另一個人拉進了店裡。

「————？結花？」

意想不到的光景讓我不由得大聲驚呼。

因為來夢拉進來的女生……

如假包換，就是我的未婚妻——綿苗結花。

「哇！呃、呃～～……我不是結花的～～你認錯人的～～」

「就算加個奇怪的語尾也拗不過去好嗎！這是什麼狀況啊，結花？」

「……來夢，妳為什麼和結結一起進來？」

「嗯～～？為什麼嗎……我想想喔。」

來夢不改笑咪咪的表情。

雙手輕輕一拍，若無其事地說了：

「因為我覺得機會難得，既然都要談，最好還是讓遊一的女朋友也能一起談……吧？」

——遊一的女朋友。

兩年沒見的來夢理所當然地這麼說，讓我嚇了一跳。

至於站在來夢身旁的結花……

「咦？咦？來……來夢同學？妳就是……來夢同學？」

「啊哈哈～對不起喔，讓妳嚇到了？是啊～我就是野野花來夢。」

「……二原，妳對來夢說了綿苗同學的事嗎？」

「沒，我沒提到結結……」

來夢看到阿雅和二原同學竊竊私語，似乎很開心地笑了笑。

「沒錯沒錯，我和桃乃只約了今天見面，完全沒聽她說起遊一有女朋友這件事～可是你們也知道，從以前大家不就說我直覺很敏銳嗎？我看到她和遊一你們說話的模樣，就猜到也許是這樣，於是套了她的話～」

來夢說完後——

雙手合掌，微微歪頭——露出了微笑。

「我還沒好好打招呼呢。幸會，遊一的女朋友，還有……好久不見了，最近過得好嗎？不管是桃乃、雅春……還是遊一。」

◆

四人坐的桌席區座位。

我坐窗邊，結花坐我旁邊。

我和結花的對面分別坐著阿雅與二原同學。

然後在桌子邊長較短的那一側追加了一把木製椅子——由來夢坐著。

「啊哈哈～～桃乃，妳一點都沒變耶。好懷念喔～～」

「妳沒資格說我吧？妳才真的是……一點都沒變吧？」

「說得也是。我啊，不會去想太艱澀的事情～～所以也許只是從國中到現在，一點長進都沒有。」

「一臉若無其事的表情惡作劇這點也沒變啊，來夢。」

阿雅啜飲著咖啡，說得心有戚戚焉。

來夢看著這樣的阿雅，「啊哈哈～～」地笑得十分開心。

「的確～～就像我剛才對結花同學那樣，以前我就常常糊弄大家。好懷念啊……我真的沒有長進吧？」

「真的嚇了我一跳……來夢同學，心事一點都沒表現在臉上。」

結花雙手拿著咖啡杯，噘起嘴脣。

相對地，來夢則不改笑咪咪的表情，眨了一隻眼睛。

「我從以前就只對『演戲』最拿手，畢竟我國中時好歹也是戲劇社的。」

「咦，是這樣嗎！哇啊……感覺湧起一種親切感！」

「是喔？結花同學也演戲嗎？」

「……啊，不是。倒不是這樣啦……」

結花太吞吞吐吐，這樣很可疑耶……

每次興奮起來，動不動就會說溜嘴。

對第一次見面的對象暴露自己是聲優，這實在是應該要小心避免。

「結花是，呃……雖然沒演過，但對演戲有興趣。對吧，結花？」

「就……就是這樣！我很尊敬演得好的人！」

我趕緊伸出援手，結花就慌慌張張地做出握拳姿勢。

儘管看起來可疑，來夢倒也不顯得在意。

「啊哈哈～～要說我值不值得被誇成這樣，可就沒什麼自信了啊～～」

「才不會。來夢演戲的時候，該怎麼說……和平常完全不一樣。」

「不是演得好不好，根本是恐怖片等級了吧。我看到校慶時來夢演的魔女，以為是真正的魔女呢。」

「啊～～因為那次我真的滿努力的～～」

來夢欸嘿一聲抬頭挺胸。

忽然間——變成像是要把一切都凍結的冰冷眼神。

「——愚蠢的人類，你們的未來已經沒有光明。絕望吧……然後哭泣吧！呼喊吧！因為你們的臉被恐懼扭曲的模樣，本姑娘已經等了幾千年啦～～～～～～～！啊哈哈哈哈哈哈哈哈哈哈哈哈哈哈哈！」

登時鴉雀無聲。

咖啡館「石灰燈」店內萬籟俱寂。

緊繃的空氣中，來夢就像切換了開關似的回到平常的笑容……吐了吐舌頭。

「啊，搞得過火了……抱歉抱歉。」

「——來夢！妳啊，不要做會嚇到客人的事情！」

櫃臺後面傳來來夢媽媽的訓話聲。

來夢大聲回答：「知道了～對不起～～」坐在吧檯區的熟客們似乎已經習慣，隨即和樂融融地笑了。

「就這樣。我還是一樣，活得很隨興～～」

隨時都開心地哈哈大笑。

有時開玩笑逗大家笑，有時反而被大家吐槽。

她就是這樣，不管什麼時候都會漸漸溶入周遭的「氣氛」中，是個不可思議的人。

……她一點都沒變啊。

和還在裝開朗角色，讓人看了都受不了的黑歷史時代的我喜歡上的——那個時候的野野花來夢一模一樣。

「遊一感覺變了呢。」

「…………咦？」

來夢彷彿看穿了我的這種心思，若無其事地說了：。

「我覺得桃乃和雅春都和以前沒什麼兩樣，但就只有遊一，感覺變了。換作是以前的遊一，像我剛才那樣搞得太過火時都會吐槽我嘛。」

「這……也許以前是這樣吧。」

我記得。

喜歡漫畫和動畫，這些到現在還是一樣。

但不同於現在，當時的我……和班上大部分的人都聊得很熱絡，也能輕鬆找女生說話。是御宅族又是開朗角色，是班上很吃得開、很受歡迎的人。天選之人。

當時的我——就是這麼高估自己。

——直到國三那年冬天。

「我說啊，來夢，遊一為什麼會變……直覺敏銳的妳不可能不知道吧？」

我一句話接不下去，阿雅則代替我用稍強的語氣開了口。

然而，來夢面不改色地回答：

「嗯。可是，我是在想，這件事適合由我提起嗎？」

接著來夢將視線朝向二原同學。

「事情我大致上聽桃乃在ＲＩＮＥ上說了喔。因為是事隔兩年收到ＲＩＮＥ訊息，讓我有點嚇一跳就是了。可是啊，我本來以為如果桃乃會聯絡我——應該是在國三的時候。」

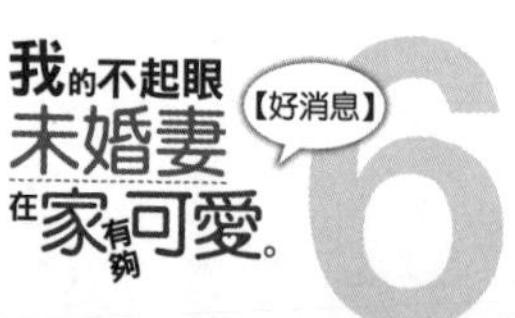

「…………」

二原同學手放在自己腿上，默默看著來夢。

她咬緊嘴脣，肩膀微微顫抖。

姑且不論內涵，二原同學平常都表現得像個開朗角色辣妹……竟然會露出這樣的表情。

「——桃桃，沒事啦！」

正當氣氛緊繃——

結花……帶著滿面笑容這麼說了。

「桃桃為了小遊和我，煩惱了很久很久吧？謝謝妳……我好喜歡這麼體貼的桃桃。」

「……我才不……體貼呢……」

「桃桃很體貼。當然倉井同學也是！今天你也一起來陪小遊，真的很謝謝你！啊，可是，對不起……我已經有了小遊這個全世界最喜歡的心上人……雖然我覺得你人很好，但我絕對沒辦法對你說出像是對桃桃說的喜歡這種話……」

「為什麼搞得像是我被甩掉啦？不用說又沒關係！妳這樣認真解釋反而更傷人！」

「……噗！啊哈哈，倉井你好好笑～～！結結妳真的棒透了啦。」

——立刻顛覆了現場氣氛，變得十分開朗。

簡直像春天來了，讓花兒漸漸綻放。

接著結花不改臉上一如往常的笑容，將手輕輕放到我腿上。

「不管發生什麼事，我都會一～直陪在你身邊，所以……小遊——」

「……好。謝謝妳，結花。」

結花的心意，我好好感受到了。

為了面對成了舊傷的過去，為了朝未來邁進。

我才會在大家的支持下來到這裡。

所以——為了和結花一起歡笑……

我鼓起勇氣說了：

「我說來夢，告訴我……國三那年冬天的事情。妳拒絕我的表白後，為什麼——要把消息傳開？」

——說出口的瞬間，那一天班上的情形就在腦中甦醒。

我呼吸困難。脆弱的自己不想聽到答案。

但即使如此，我的視線——仍然沒有從來夢臉上移開。

相對地，來夢也一直直視著我。

過了一會，來夢……輕輕閉上了眼睛。

「桃乃，首先，謝謝妳保守『祕密』至今。」

「……違背約定會違反我的信條，這也沒辦法。可是，說正經的……難受得跟鬼一樣。」

「嗯，說得也是。我明白了，『祕密』——就到今天為止吧。」

來夢這麼宣告完就睜開眼睛，雙手在胸前輕輕一拍。

接著，她稍微歪過頭——平靜地微微一笑。

「那我要說了喔，說出遊一對我表白時的事情——國三那年冬天發生的一切。」

第12話　我的黑歷史有著令人意想不到的「祕密」

咖啡館「石灰燈」。

在這個我們國中時代的同學，也是成了我精神創傷起因的女生——野野花來夢的家裡，就在這個地方。

來夢以平靜的聲調說了。

——那我要說了喔。

——說出國三那年冬天發生的一切。

坐在桌子對面的阿雅雙手抱胸，露出罕見的嚴肅表情。

坐在他身旁的二原同學很不像她的作風，縮著肩膀，嘴唇顫動。

至於坐在我旁邊的結花——

「來夢同學……妳願意說出來吧！謝謝妳！」

她露出天真無邪的笑容，對來夢低下頭。

與氣氛變得有夠沉重的我們三人相反——結花籠罩著一種柔和的氣氛。

這種笑容，和我心愛的《愛站》的結奈一模一樣。

燦爛得讓人覺得無論多麼深沉的黑暗都能照亮。

「啊哈哈～～聽結花同學對我道謝，感覺好奇怪喔～～」

來夢看著這樣的結花，也天真無邪地微微一笑。

「畢竟……我可是傷害了遊一的壞女人耶。」

——她說出了這麼一句尖銳的話。

「這麼討人厭的女人得到謝謝這句話，實在過意不去呢。既然是遊一的女友，對我生氣或怨恨才比較妥當吧？」

「……生氣？怨恨？為什麼？」

「因為我不但甩了妳喜歡的人，還散播這個消息，把他傷到抗拒上學耶。照常理說，對這樣的對象應該不會有什麼好的情緒吧？」

「咦？可是，雖然我也只是猜測，但散播消息的——不是來夢同學吧？」

看著睜大眼睛說得理所當然的結花……

無論我、二原同學，還是阿雅，都不約而同地「咦？」了一聲。

來夢對這樣的我們看也不看一眼——

她不改臉上的微笑，微微歪頭。

「——妳為什麼會這麼想呢？」

「嗯～～……就是隱約這麼覺得。如果我猜錯，那就不好意思了。只是，我覺得來夢同學完全沒有會做這種事情的感覺。」

「是嗎？我可是像這樣一直在傻笑耶。妳不覺得我一不小心就會說溜嘴嗎？」

「嗯～～……還是不覺得。我也沒辦法解釋清楚，但來夢同學怎麼看都不像是這樣的人……啊，可是！如果妳是個性這麼差的人，我覺得很像英雄的桃桃就不會跟妳做出什麼『約定』！嗯，所以絕對不是這樣吧！」

「……結結。」

「————這樣啊。結花同學好厲害啊。」

來夢說著，輕輕嘆了口氣。

「我是壞女人，這可不是假的喔。只是……結花同學答對了。針對散播消息這件事，妳沒說錯。」

「這是什麼意思，來夢？」

——散播消息的不是來夢？

這……是怎麼回事啦？

我發現自己不知不覺間用力握緊了拳頭。

還能感覺到心臟怦通怦通地跳。

就在這樣的緊張之中。

來夢彷彿站上了戲劇舞臺——大大攤開雙臂。

「那麼——我就從頭到尾說出來了。包括國三那年冬天發生的事，還有我拜託桃乃保守的『祕密』，全都……說出來嘍？」

◆

很久很久以前……大約兩年前。

有個地方，有個叫作來夢的女孩子。

來夢給人的感覺很隨興，是個不論跟誰都能輕鬆攀談的女生，所以總是會溶入大家聚集的地

方，平凡地過著日子。

這樣的她有個很要好的男生，名叫遊一。

來夢與遊一，和雅春以及其他很多朋友，一起開心地過著日子。

他們有時候去便利商店買東西吃，有時候聚在一起打電玩，又或是留在教室裡閒聊。

大家聚在一起的時候，多半也是有些地方很合拍，來夢和遊一兩個人常常玩得很熱鬧。

然而，這樣歡快的日子突然迎來了結束。

想忘也忘不了——是在國三那年的十二月。

放學後，來夢被遊一找去，來到一間沒有人的教室。

來夢悠哉地看著窗外，心想夕陽好漂亮。

「我說，我們……要不要交往？」

來夢被遊一的話嚇了一跳，驚覺地轉過身來。

她整理不清腦子裡的思緒，低下頭，用指尖捲著瀏海玩。

然後——她回答了。

「呃……對不起喔。這我沒辦法。」

——到這裡是大家都知道的故事。

而這個故事的後續，大家大概是這麼認知的。

不同於遊一抱持好感，來夢完全沒有這樣的意思。

不知道她對於被表白的事實是覺得有趣，還是鄙視……她將消息散播給周遭的人知道。

然而……這個說法有三個誤解。

第一，來夢對於被表白這件事並沒有覺得有趣，也沒有鄙視。

第二，來夢完全沒想過要散播出去。

而最後一個誤解則是——

——來夢其實也對遊一有好感。

來夢以像在朗讀故事的口吻說出了那天發生的事情。

而這當中，滿是我意想不到的事實。

我一時間……實在說不出話來。

「啊哈哈～～我好像演戲的習慣改不過來，弄得很戲劇風？抱歉抱歉。首先呢，我想想～～……就從『最後一個』解釋起吧。」

來夢維持平常說話的聲調，繼續說道：

「當時我啊，也喜歡遊一。從遊一對我表白之前就喜歡他了。」

刺！

我受到一種像是被人用尖刀刺穿心臟的衝擊。

「……如果是這樣，妳那個時候，為什麼……」

「為什麼拒絕，是吧？這個嘛……牽扯到我的自我認同，所以很不好解釋呢。」

來夢微微皺起眉頭說道：

「當時我喜歡遊一，這是真的。可是……無論對象是誰，我都不打算交往也是真的。所以，雖然你的心意讓我很高興——我仍然回答『這我辦不到』。」

的確，當時來夢是這麼回答的。

對於我，她沒說「討厭」，也沒說「只能當朋友看待」。

但來夢對我竟然有這樣的心意——是我想都沒想過的。

「只是，就算這麼說，一想到我傷害了喜歡的對象……我也有點承受不了。然後，我就很煩惱以後要怎麼和遊一相處，所以我就去找人商量。」

來夢的視線迅速轉到二原同學身上。

二原同學本來低著頭聽來夢說話，這時緩緩抬起頭。

「對。她說的這個商量的對象……就是我。」

「桃乃常來看戲劇社的戲，我們才會熟起來。雖然桃乃和我平常多半都是和不同的朋友圈待在一起，所以在班上不太會說話就是了。」

「是啊……像佐方和倉井你們這些跟來夢很要好的人，我在國中時代幾乎沒說過話。」

「……的確。我開始會跟二原同學好好說上幾句話，是從上了高中才開始……」

「正因為這樣，我才會找桃乃商量。因為我知道她和遊一的交集少，而且口風也很緊。」

——坦白說，到此為止她的解釋都說得通。

來夢並不是討厭我才不找我們共通的朋友商量，這我也能明白。

甩了我以後，煩惱不知道該怎麼和我相處，想找人商量，這我也能理解。

可是，即使如此……我還是有事情搞不懂。

「那麼，為什麼隔天——我被妳甩掉的消息會傳開？」

「那天，我不是比你先到教室嗎？」

「嗯。所以我還以為是妳趁我不在的時候——」

「我也一樣。在你來學校之前就被聽到消息的同學們圍住，問東問西。」

「……來夢妳也是？」

「就是這麼回事。來夢……沒有到處說她甩了佐方，不但沒說，而且即使被大家圍著問……她還是一如往常，想笑著掩飾過去。」

二原同學用力咬緊嘴唇。

「散播消息的——是個和來夢跟我都無關的圈子裡的男生。來夢找我商量時，他聽見了內容……然後就加油添醋，到處亂說。等我們發現的時候——消息已經傳開到不可收拾了。」

「……好過分。」

結花眼眶濕潤，低聲說了。

「就是看不順眼」——結花曾因為這麼無聊的理由，受到班上女生霸凌。

我想對這樣的結花而言，二原同學說出的真相非常沉重。

「……我在這件事當中是最大的局外人，也許不該插嘴啦。」

在這沉重的氣氛中。

之前一直默默雙手抱胸的阿雅對來夢說了：

「只聽剛剛的說法，我就是不懂。妳也喜歡遊一？喜歡他卻甩了他？然後找二原商量這件事……就有個跟這件事無關的笨蛋自己偷聽，還到處宣傳，對吧？」

「啊哈哈～～雅春你說話好難聽耶。不過內容的確就差不多是這樣。」

「然後呢？這件事為什麼有必要對遊一和我們保守『祕密』？正常告訴我們不就好了？」

「——我請桃乃保守『祕密』的理由很簡單。」

阿雅說話變得有點激動，來夢仍面不改色，對他露出溫和的笑容。

「因為我希望遊一——忘了對我的感情。」

她絲毫不改說話聲調，如此回答。

「畢竟我無法回應遊一的心意，這個事實不會改變。所以我就想，既然消息傳開了，那麼只要我來當壞人就好。只要遊一……因此討厭我，忘了對我的感情，那就更好了。」

「雖然佐方他……不像來夢想的那麼薄情就是了。」

「是啊，桃乃說得沒錯。到頭來我還是只能傷害遊一。所以，沒錯……我就是個壞女人。」

來夢說到這裡——

緩緩站起來，深深一鞠躬。

「可是現在，遊一已經有了結花同學。就如同我那個時候所盼望的——他忘了對我的感情，能夠去愛結花同學。所以，『祕密』已經結束了。」

接著來夢緩緩抬起頭。

臉上仍然是我國三時喜歡上的那種溫和又平靜的笑容。

——說道：

「一直以來都很抱歉，遊一。還有——請你跟結花同學一定要幸福。」

◆

當我們走出咖啡館「石灰燈」，太陽已經快要下山。

久違地見到來夢，顛覆了我的認知，讓我得知了國三那年冬天的真相。

我有種不可思議的感覺——像是胸口開了個大洞。

「……小遊，你還好嗎？」

結花湊過來往上看著我的臉。

我對這樣的結花笑著回答：

「我沒事。只是……之前我一直認定是來夢散播消息，我就想到既然事實不是這樣，那我因為精神創傷而害怕的三次元女生……其實不存在。一這麼想，就覺得──整個人像是虛脫了。」

「……對不起喔，佐方。」

我和結花說著話，二原同學就從身後小聲地開了口。

「二原？妳突然怎麼啦？這麼沒精神。」

「因為我答應過來夢……所以不能說。但對於一直放不下來夢，一直很難受的佐方，我……什麼都沒能為你做。我對這樣的自己──真的很討厭。」

二原同學努力擠出這幾句話，當場停下腳步。

走在她身旁的阿雅，以及走在前面的我和結花，也都一起停下來。

「所以二原同學……才會在上了高中後，有事沒事就找我說話？」

我問出了忽然湧現的疑問。

聽到這句話，二原同學自嘲似的笑了笑。

「──因為我很想看到像以前那樣開朗的佐方。平常都在教室裡跟大家打打鬧鬧的那個佐方……不太笑了，讓我好難受。所以，我才會說自己是你的什麼『精神上的姊姊』……找你找到煩人的地步。啊哈哈……像個笨蛋對吧？」

——起初我只覺得這開朗角色代表辣妹怎麼這麼愛找我說話。

念同一間高中的就只有我、阿雅和二原同學，所以也曾想過是不是想捉弄我。

可是……原來不是這樣啊。

二原同學——是看到我為了來夢的事變了樣，才一直想為我打氣。

「……二原同學果然很有英雄的作風啊，尤其是這種暗中想為別人做些什麼的地方。」

「……根～～本就不一樣。我做的事情，是被隱瞞真相的罪惡感驅使才會做的行動——和我崇拜的英雄完全不一樣啦。」

滴答滴答。

淚珠沾濕了二原同學的腳下。

接著她發出嗚咽聲——雙手遮住臉。

「對不起，佐方……我什麼忙都幫不上，一直在讓你受苦……我、我……！」

「——桃桃，乖～～……妳好努力，好努力了。」

她將手輕輕放到這樣的二原同學頭上。

我的未婚妻——綿苗結花。

就像安撫小孩子……輕輕摸著二原同學的頭。

「……為什麼？為什麼對我好……？折磨結結最喜歡的人，我也有一份耶……如果我不惜違背跟來夢的約定，把真相告訴佐方……！」

「違背跟朋友的約定的桃桃，就不是桃桃了吧？」

二原同學愈說愈大聲，結花則維持平靜的聲調這麼說。

接著結花——對二原同學露出有如盛開的花朵般燦爛的笑容。

「我喜歡的桃桃……是個非常體貼的人，非常為朋友著想。可是，她一個人扛起了太多事情——是個有點讓人擔心的孩子。」

接著結花——輕輕地……

將二原同學擁入自己懷中。

「誰也沒有錯喔，不管是小遊、桃桃，還是來夢同學……都是煩惱了好多，受了好多的傷——努力了好多好多，所以又何必……再責備自己嘛。」

「……結結。」

「像是悲傷的回憶、難過的回憶……要消除這種回憶也許很難，可是，應該可以用開心的回憶、明亮的回憶覆蓋過去……所以，我們一起笑吧？一起創造很多很多——充滿笑容的回憶！」

二原同學就像因為結花的這番話而潰堤，當場痛哭失聲。

結花就只是靜靜摸著二原同學的背。

而結花說的那番話……也悄悄溶入我心中。

我感受到像是開了洞的胸口——漸漸被一股暖流填滿。

「……綿苗同學感覺就像真的結奈一樣啊，遊一。」

彷彿在替我的心靈代言。

阿雅喃喃開了口。

「不管發生什麼樣的事情，都始終面帶笑容，這種天真無邪的體貼送進大家心理——不知不覺間讓笑容散播開來。不是因為她是和泉結奈這樣的理由……綿苗同學她，就是結奈啊。」

「……這種事不用你說，我也知道。」

在學校很古板，當聲優時非常拚命。

真的是天真無邪又少根筋，比全世界的任何一個人都體貼。

就像結奈一樣。可是，也有些地方和結奈不一樣。

包括這一切在內，我——

——就是喜歡綿苗結花。

第13話 有沒有人因為未婚妻的愛太強大，感受過生命危險？

由咲違約兩年後重逢的來夢告訴我國三那年冬天的真相。

我覺得自己終於從過去的束縛中得到了解脫。

歷經這樣的事情，我暗自發誓——要比以往更珍惜結花。然而——

——遊一，結花從你身上得到了什麼呢？

對於結花的父親問我的這個問題。

我還沒能……給出答案。

「結～～結～～……好像聽見有什麼在叫！結～～結～～……啊，有個可愛的孩子掉在這種地方！結結結～～……這……這是！最喜歡小遊的結花小妹妹！」

——我正陷入沉思。

未婚妻就演起破天荒的鬧劇，想引起我的注意。

她整個人躺到地毯上。

手臂亂甩，雙腳朝天花板伸直——呃？

「結花，腳，妳的腳！裙子都掀開了！」

「…………我掀。」

「噗！」

結花抓住自己的裙子，掀開一瞬間給我看。

她露出一臉跩樣，迅速重新整好裙子。

呃，就算只是一瞬間……看得到的東西就是看得到好嗎？

我的腦子裡現在全是一片藍色，妳要怎麼賠我啦？

「我喜歡小遊，所以忍不住大放送。你好，我是結花小妹妹！」

「再怎麼說都太過火了吧……妳幾時開始變成這種女生的？」

「當然是你害的啊。所以，我想知道你的感想～～你好，我是小遊可愛的結花小妹妹。」

「呃，我差點以為要沒命了……這就是我真實的感想。」

「……唔嘻嘻～～意思是開心嗎？意思是開心嗎？」

不知道我的感想中有哪點令她開心，結花露出滿面笑容，開始在地毯上滾來滾去。

「小遊，我最～～喜歡你了～～♪愛你，愛你～～♪」

「知道了！我知道了，不要穿裙子搞這種事好嗎？」

呃……怎麼辦？

不知道是不是因為有過來夢那件事……

我的未婚妻撒嬌的方式——退化到了幼兒水準。

◆

——另一天也是。

「嗚～～想要小遊也一起～～嗚～～嗚～～！一起去嘛～～嗚喵～～！」

「我才不去啦！妳現在是要去做聲優的工作吧？」

「嗚喵～～小遊生氣了～～嗚嗚～～抱抱～～」

剛看到結花在玄關鬧彆扭吵鬧。

緊接著她就趁機抱住我的腰。

她一臉笑咪咪的，黏人氣場全開。

「……我姑且還是問一下，你們是在對二十好幾都沒有男友的我展現優越感，進行精神攻擊……這樣解釋對嗎？」

「才不是！而且，我明明什麼也沒做吧！」

而站在玄關口對這樣的我們投來冰冷視線的——就是來接和泉結奈的經紀人鉢川小姐。

鉢川小姐平常表情很豐富，這時卻是驚人的面無表情。

「久留實姊……呃，如果讓妳誤會，我先說聲對不起。我沒有真的想帶小遊去錄音現場喔。我對聲優的工作隨時都是全力以赴！因為我不想摻雜私情，想為粉絲努力！」

「抱歉，結奈的發言和行動太不一致，我反而覺得更可怕……」

「發言是真心話！只是，我不在家的時候小遊會感到寂寞——才會在出門前多撒撒嬌服務他一下！」

「那也很惡質！結奈妳是想抹殺我的自尊心嗎？遊一也一副被迷得神魂顛倒的樣子……年輕真好啊！」

「為什麼連我也要挨罵？這根本是遷怒吧！」

拜結花的破天荒發言所賜，加上被點燃的鉢川小姐，讓事情鬧得不可開交。

雖然結花從以前就不時會用一些破天荒的方法撒嬌。

但自從和來夢談過之後……總覺得一天天愈演愈烈，愈想愈怕。

◆

——結花的這種失控在學校也繼續進行。

「……喂～～結花？妳在哪裡？找我到這種地方來。」

我正要收拾東西準備回家，伸手到桌子的抽屜裡——就發現裡頭有張粉紅色的信紙。

上面以結花的字跡寫著『放學後，我在體育倉庫等你』——所以我就照她的話來到體育倉庫，到這裡是沒問題。

只是腦子裡冒出問號，覺得有什麼話在家說就好了。

而當我踏進體育倉庫，開始找結花。

忽然間——體育倉庫的門被人關上。

「咦，什……什麼情形？」

「——有破綻！」

「呀！」

視野變得一片漆黑，讓我陷入半恐慌狀態，結果腹部就挨了一記衝撞。一撞之下，我倒在了墊子上。

然後，當眼睛漸漸習慣黑暗——騎在我身上的人輪廓也漸漸浮現出來。

輕飄飄甩動的馬尾；細框眼鏡；學校指定的制服外套。

沒錯，完全就是——學校款結花。

「結花，這是什麼狀況？妳也知道，要是我們兩個人在這種地方獨處，卻被別人看到，會有很多事情很不妙，所以……我們還是先回家再說吧。」

「在家撒嬌，我已經撒滿滿了。」

「呃，話是這麼說沒錯，可是……不然，該怎麼辦才好？」

「……嗚喵。」

結花小聲這麼說完……開始解開自己的制服鈕釦。

「等等，結花！妳想做什麼！」

「我問勇海，有什麼學校的情境能讓喜歡的人心動，結果她說要在體育倉庫和對方獨處……性感地逼近對方。」

「妳每次都問錯人啊……這麼說是有點過意不去，但那個Cosplayer小姨子意見和社會大眾之間有鴻溝好嗎？」

像是勇海、那由、二原同學、鉢川小姐等等。

我身邊的人會說的都是帶有偏誤的意見。

……我還在心中吐槽，結花仍在解鈕釦。

最終結花脫去了制服……手按在地上，變成妖豔積極的姿態。

遮掩結花上半身的只剩成熟的黑色胸罩。

以像豹一樣壓低身子的姿勢逼近到我眼前的——是戴著眼鏡的結花那張泛紅的臉。

性感又大膽的進攻方式與平常古板的學校款結花，這兩種異色風格結合。

被她這樣做，再怎麼說也太……我的心臟也許會爆炸。

我正發著呆——結花的手就輕輕放到我的臉頰上。

「這幾天就由我拚命撒嬌來讓小遊開心大作戰！……執行是執行了，但好像沒能好好鼓勵到小遊……對不起喔，小遊。」

的確，結花這幾天的撒嬌模式全開到非比尋常的地步。

第13話
有沒有人因為未婚妻的愛太強大，感受過生命危險？

原來結花是想讓我心情愉快嗎？

「妳的心意我明白了，可是……說要鼓勵我，到底是什麼情形？」

「——聽來夢同學說起往事，小遊想必很難受，所以我就想必須好好鼓勵小遊。畢竟，就因為一個完全沒有關連的人散播的消息，讓小遊一直受傷到現在，不是嗎？這樣……想也知道一定很難受嘛。」

溫暖的水珠一滴滴沾濕我的臉頰。

那是——從結花的雙眼滴落的溫柔的淚水。

「畢竟小遊遇到了很多傷心難過的事，所以我——想和小遊一起創造開心光明的回憶，盡量讓小遊多一點歡笑。因為，雖然不管什麼樣的小遊我都喜歡，但我還是……最喜歡笑的小遊。」

——記得和來夢談的那天，她對二原同學也說過類似的話。

綿苗結花這孩子，隨時都是這樣。

簡直把我、家人、朋友、粉絲當成自己……會祈禱這些她重視的人得到幸福，露出笑容。

為此，她不管什麼時候——都會全力以赴。

「我沒事啦，結花。只要跟妳一起，我就能……充滿歡笑。」

我輕輕碰上結花的肩膀。

結花似乎嚇了一跳，發出「呀嗚！」一聲可愛的叫聲……讓我不由得噗嗤笑出來。

「雖然我的確有些感觸，可是……也有些地方反而放心了。被我表白卻把這件事傳開的『野野花來夢』這個女生成了我的精神創傷，讓我一直害怕跟三次元女生談戀愛。可是——現在我知道這樣的『野野花來夢』不存在。光是能像這樣對自己的過去做個整理，都覺得很有收穫。」

「可是……如果消息沒有傳開，小遊和來夢同學也許就不用這麼疏遠了耶。」

「……對現在的我來說，重要的人不是以前喜歡過的女生。」

雖然有點難為情，如果現在不說就不是男人了。

我直視結花的眼睛——說出最真的心意。

「不需要如果。因為現在的我比誰都喜歡的對象……就是結花。」

這下可說出了不像我會說的那種裝模作樣的話啊……我正這麼想。

結花已經猛力撲上來抱住我。

而且結花這一抱，讓我的臉都埋在她的乳溝裡，所以……

——只穿著胸罩的結花肌膚的溫暖直接傳到我臉上。

「…………喜歡。好喜歡。太喜歡……喜歡到要發瘋了。」

結花的輕聲細語弄得我耳朵發癢。

結花甜美的香氣從鼻孔灌進腦袋。

「……嗯？喂～～有人在裡面嗎～～？」

——就在這種最糟糕的時間點。

伴隨著敲體育倉庫門的聲響，傳來鄉崎老師的說話聲。

再怎麼說，這都太不妙了。

要是現在被發現，不管怎麼辯解，都會被當成不純潔異性交往的現場……！

「結花，我們先躲——」

「呀嗚！……小……小遊，不可以吹氣……嗯！……」

「喂！先分開——」

「——！嗯喵……就說人家會變奇怪啦……！」

我正要說話，結花就忸忸怩怩地抱我抱得更緊。

鄉崎老師又繼續敲門。

就在這種無計可施的狀況下，嚇得心都涼了半截的情勢當中……

……我還怒似的想到一個念頭。

那就是在兩家人見面時，我一定——要好好訓勇海一頓。

※附帶一提，後來湊巧經過的二原同學順利幫助我們脫離險境。

第13話
有沒有人因為未婚妻的愛太強大，感受過生命危險？

第14話 【愛廣特別節目】「飄搖★革命」的活躍停不下來的問題

「不過……倉井的房間就不能再收拾收拾嗎？」

坐在我身旁的二原同學皺起眉頭，發牢騷似的說了。

阿雅按著電視遙控器，對此反駁：

「說什麼傻話！這個房間裡的周邊商品全都裝滿了愛和熱情啊！這種東西……當然會愈積愈多吧！」

「呃，倒不是這樣。我也有一大堆特攝周邊，有腰帶，也有機器人，模型和雜誌書之類的也都有……可是，就沒這麼亂啊。」

「的確。我的房間也滿滿都是《愛站》的周邊，但整理得比阿雅整齊。」

「你們要抱怨就回去啦！明明是你們說要一起看《愛廣》，我才這樣準備的！」

沒錯，我和二原同學來到阿雅家玩。

我是來過很多次了，但容易忽略的是二原同學是第一次來到阿雅家……於是就像這樣四處張望，開口吐槽。

就在我們拌嘴的當下，阿雅已經設定好將手機畫面投放到電視，並在我身旁坐下。

「那我要開了。」

「ＯＫ！有夠期待結結的活躍！」

阿雅透過電視畫面，在影片網站上點選。

接著跳到直播頻道，就顯示出一個畫面，上面寫著：『離節目開始，再等一下下喔！』

不瞞各位說，接下來要開始的就是《Love Idol Dream! Alice Stage☆》的超人氣廣播節目《愛廣》的直播。

而這次的標題，沒錯，就是《愛廣：第二屆　八個愛麗絲投票　開始紀念特別直播☆》。

就如同這次特別節目的主題所示，《愛站》——已經在前幾天，開始了「第二屆八個愛麗絲投票」。

順便說一下，我在投票開始的幾秒鐘內就投完了給結奈的票。

阿雅說他也是在幾秒鐘內就投完給蘭夢的票。

所以，我們直到投票結束為止只剩下等待，但站在營運方的角度，應該會想把這個投票企劃炒得更熱吧。

以第一屆入選的「八個愛麗絲」聲優為主軸。

再加上幾名愛麗絲聲優以來賓身分參與的形式。

也就決定了這次特別節目的直播。

「欸，蘭夢也是上一屆『八個愛麗絲』之一吧？」

「喔，二原對《愛站》也愈來愈清楚啦……就是啊，我的蘭夢大人在上次的投票中——榮登『第六個愛麗絲』！然後這次蘭夢大人當然——也會在『八個愛麗絲』裡面閃閃發光！」

由紫之宮蘭夢配音的冰山美人型愛麗絲角色蘭夢，是從《愛站》上市當時就博得了很高的人氣。

——冷淡又嚴以律己的帥氣感覺與她私生活的廢物感，形成明顯的落差。

具有妖艷魅力的外表，以及紫之宮蘭夢壓倒性的歌唱能力。

這一切成分融合在一起的結果，讓蘭夢榮登人氣投票第六名——「第六個愛麗絲」。

「蘭夢也是很帥氣沒錯啦，可是像結奈沒進入『八個愛麗絲』……看來世人的眼光還差得太遠了啊。」

「二原同學，妳這麼說就不對了。」

二原同學太喜歡結奈，便發起了牢騷。

相反地，我則以最純粹的心情說出我對結奈的心意。

「真正的排名，是存在於推《愛站》的每一個人心中。所以，數字不重要。結奈——在我和二原同學心中永遠都是『頂尖愛麗絲』！」

「……呃，你說得很好，這種心意我也很能體會，可是這會不會完全否定了今天這個特別節目的主旨？」

正經地回答別人一臉跩樣說出的臺詞，這樣不好喔。

因為那番話可是會熊熊點燃羞恥心的，妳知道嗎？

「——喂，你們兩個！節目開始啦！」

阿雅呼喊的瞬間，我和二原同學一起猛力把臉轉向電視。

就這樣，我們三個人——聚集在阿雅家，開始收看直播。

「……就像這樣，『第二屆　八個愛麗絲投票』已經非常熱絡，但、是、呢！今天我們竟然還要發表其他新企劃！」

「似乎是呢。只是，無論要開始的是什麼樣的企劃——我也只是繼續永保發光發熱而已。」

包含紫之宮蘭夢在內的「八個愛麗絲」聲優正在進行談話……就唐突地提到了「新企劃」這個字眼。

這可是事前情報裡沒提到的啊……得注意聽才行！

「我們請到了和新企劃有關的三位愛麗絲偶像！請登場！」

就在這樣的邀請聲中，三名聲優來到舞臺上……等等，結花？

「大家好愛麗絲～～！我是為結奈配音的和泉結奈～～！」

三人依序跟粉絲打招呼，其中特別明顯散發出光芒的就是和泉結奈。

話說回來……新企劃與和泉結奈到底有什麼關聯？

——我的腦子裡正繞著這樣的念頭。

錄音室後面的螢幕上就顯示出新企劃的名稱。

——「新愛麗絲偶像選秀☆」。

「《愛站》現在也已經有一百名以上的愛麗絲偶像在活躍，但今年秋天，確定將有新的愛麗絲偶像出道！而在這之前，挑選出新愛麗絲偶像聲優的選秀會……確定將在夏天開辦～～！」

「其中有三位角色，將會是現場這三位來賓的『妹妹』！」

——！妳說……什麼……？

「難道說……奈奈美要有語音了？」

「好像是耶，遊一……看來今年夏天會很熱啊。」

「咦？大家是在熱鬧什麼？可以解釋得讓我這個剛進來的人也聽得懂嗎？」

二原同學似乎掌握不了事態，大聲嚷嚷。

但我和阿雅只吞了吞口水——等著接下麥克風的和泉結奈發言。

「好的！我所配音的結奈在妹妹奈奈美的邀請下，一起出道成為愛麗絲偶像……這點我想從以前就支持我的粉絲應該都很清楚！可是呢！奈奈美終於——也要在遊戲中登場了！」

「真的假的……奈奈美終於要……」

「啊，對喔。設定上，結奈是和妹妹奈奈美一起出道的啊。」

「就是這樣，二原，可是似乎是有很多狀況——讓奈奈美過去都沒有具體成為登場角色。現在她終於要出道，也就是說……可以期待結奈公主也會有新的發展了吧，遊一！」

阿雅說得沒錯。如果奈奈美正式參戰，必然會帶動結奈的出場機會增加。

也就是說，追加奈奈美這個角色的這件事本身……

就是和泉結奈的努力讓粉絲與營運方感受到了的……最好的證明。

——真是太好了啊，結花。

我的腦海中浮現總是在散播笑容，不管什麼時候都很努力的結花……感覺胸口一陣溫熱。

「『飄搖★革命』——新企劃！」

發表作為新企劃的「新愛麗絲偶像選秀☆」過後的下一回合——和泉結奈以滿面笑容說出了這樣一句話。

◆

……妳說，「飄搖★革命」有新的企劃？

「接下來，就是我們『飄搖★革命』的迷你單元了。大家做好覺悟了嗎？」

「呵呵呵……大家是不是嚇了一跳？接下來我們要發表更讓人嚇一跳的超棒企劃～～！」

我驚嚇過度，都要看到冥河了。

結花妳喔，這麼重大的企劃，真虧妳在家裡都能瞞著不說……

「那麼——就讓我們呼叫『飄搖★革命』不可或缺的愛麗絲偶像吧。」

「像油田一樣美妙的企劃，我會和大家一起開開心心地挖掘……我是為出流配音的掘田出流～～而且，我的感想根本已經變成覺得事情終於走到這一步了嗎！」

出現了，「飄搖★革命」的老伙伴——經常表演自暴自棄&發飆的聲優掘田出流。

可是……她說「終於走到這一步了嗎」？這話怎麼說？

「掘田姊！請問妳現在心情如何～～？」

「嗯，恐懼。」

「恐懼？」

「呃，妳想想……我不是要加入妳們嗎？這只會有滿滿的恐懼好嗎？我又不是隨叫隨來的潤滑油！營運方，你們有沒有搞懂狀況啦！」

「妳還是一樣很會比喻呢。我想這應該是妳的本領得到正當評價的結果。」

「囉唆！蘭夢，妳也不想想是誰害我本領變好！」

三人還是一樣，做球和吐槽充滿默契，讓談話進行得很有節奏。

這時和泉結奈——喊出：「噔噔～～！」

錄音室的螢幕上顯示出——令人根本無從想像的企劃名稱。

——「飄搖★革命　with　油（You）」新曲製作中！

「「with……油（You）？」」

我和阿雅幾乎同時以脊椎反射站起。

二原同學坐著不動，目光釘在電視畫面上。

「所以呢，這次的『飄搖★革命』會以包括為出流配音的掘田出流在內的三個人，一起發表新歌！好厲害，好開心喔，蘭夢師姊！」

「哪怕掘田姊加入，也跟我無關。因為我已經決定無論處在什麼樣的狀況都要持續鑽研——走向更高的境界。」

「妳會不會太失禮？不會無關吧！也不想想我為了妳們，被找來多少次了……」

「接下來我們就作為同一個團隊，一起被找吧！掘田姊！」

「……我好不安啊～～……可是，我會在不累死的程度內努力，讓大家感受到出流的可愛啦。就請大家多多支持『飄搖★革命 with 油（YOU）』喔～～！」

就這樣……雖然嘴上針鋒相對……

畫面上拍到掘田出流與和泉結奈、紫之宮蘭夢一起笑得很開心的模樣後。

特別直播就先進了廣告。

『說是《轉生後發現自己來到只有老套轉折的世界怎麼辦？》的廣告耶。我們兩個人要一起

說廣告詞喔。』

『……………喜歡。』

『啥？感覺距離好像有點近耶！』

『畢竟我一直孤獨地活到今天，一旦有人願意要我一起說廣告詞……怎麼辦，喜歡的感覺停不下來……！』

『呀啊啊啊！等一下，不要在廣告中抱我啦！兩個女生做這種事，會有人誤以為是百合動畫吧！』

『……只要看看胸部大小，說不定大家會以為是男女情侶。』

『妳說誰胸部扁平啊！我的胸部也總還有Z軸好嗎！』

——High翻天愛情喜劇《轉轉》，大好評上映中！

◆

「不妙啊，遊一……我有點興奮過頭，頭都暈了。」

「我也是啊，阿雅……全身都在發抖，感覺心悸好嚴重。」

「你們兩個還好嗎？啊……可是，我好像也高興得流出眼淚……」

不但結奈的妹妹奈奈美確定要出道。

甚至還公開了「飄搖★革命」的新企劃。

我們三人被喜悅、感動等各式各樣的情緒波動所淹沒——不發一語。

結花一心一意的努力已經漸漸開花結果了。

我陶醉在這樣的感慨當中，淚腺也愈來愈脆弱——

——震動震動♪

就在這種絕妙的時間點，我的手機顯示結花來電。

「喂？結花？」

『請答題。「飄搖★革命　ｗｉｔｈ」後面接的是什～～麼？』

「油（YOU）！」

『……小遊果然看了直播～～！這些消息明明都還只在直播解禁～～！』

「啊……不、不是啦，結花，妳在家不是也說過嗎？」

『我就是想到會有這種情形，才特意事先不說。』

這是什麼巧妙的圈套。

真是連孔明都會嚇一跳的策士啊……我這個未婚妻。

「結花，妳冷靜想想。這次的直播，妳不是主持人吧？也就是說，這應該不劃分在我們家的《愛廣》禁令範疇內吧？」

『請不要辯解。小遊是笨蛋～』

「……歸根究柢來說，談『弟弟』的言論不想被我看到才是《愛廣》禁令一開始的主旨吧？今天又沒有談到『弟弟』，應該沒關係啊。」

『…………這是藉口～』

「不不不，剛剛妳停頓得有夠久！連妳自己也絕對已經發現這有點蠻橫了吧？」

哎——差不多就這樣。

這次我非常有邏輯地主張了《愛廣》的收視權。

『嗚～……總之！不行就是不行！小遊是笨蛋～！笨蛋笨蛋喜歡笨蛋！』

我還是被賭氣的結花小姐罵個不停。太蠻橫了。

第15話 【這門婚事的】父親，回國【主犯】

時間過得很快，過年後已經過了快一個月。

到了一月後半，我的心漸漸浮躁起來。

因為後天——我們家就要和結花的家人見面了。

「……我能給結花的東西，是嗎？」

我坐在房間的椅子上發呆，並且反芻年初時結花父親對我說的話。

我從來夢口中聽到了國三那年冬天的真相。

得知自己一直害怕的三次元女生其實是幻想。

我變得比以前……更想和結花一起往前走。

——因為結花在身邊，我即使聽了來夢說的話也能夠接受。

——因為結花在身邊，我每天都得以用平靜的心情過日子。

我從結花身上得到了許多。

那麼，我給了結花——什麼呢？

「不過……這籤詩完美說中了啊。」

我一邊嘆氣一邊看著放在桌上的籤。

◇姻緣『有不測的障礙。要堅定心志。』

真的是不測的障礙啊。

我家老爸和大客戶的高層——結花的父親相識。

對方由於擔心結花一個人住，便提起了這門婚事。

正因為我是抱持這樣的理解，所以儘管緊張……我還是一直以為第一次去打招呼能夠順利結束。

萬萬沒想到竟然會這麼煩惱。

雖然要說我太大意了……是這麼回事沒錯啦。

「總之，必須要我家那個臭老爸把事情解釋清楚。」

明天——星期五傍晚。

第15話

【這門婚事的】父親，回國【主犯】

我老爸和那由會來到家裡，在見面前一天先住一晚。

到時候，我絕對要逼老爸說出真相。

我是知道非得想好該怎麼回答結花父親的問題，可是……這門婚事到底是在什麼樣的來龍去脈下開始的。

我覺得不聽到這件事的真相——我就沒辦法前進。

◆

——喀鏘！

巨大的聲響迴盪在夕陽照入的客廳。

我趕忙跑向廚房。

「結花，妳還好嗎！」

「嗯、嗯……對不起喔，我打破盤子了。」

「妳有沒有受傷？」

「是在流理臺裡面打破的，不用擔心受傷啦……對不起。」

「只要妳沒受傷，一個盤子沒什麼啦。」

我由衷鬆了口氣地這麼說，結花就忸忸怩怩地往上看著我。

「小遊真的好體貼喔。謝謝你……我最喜歡你了。」

結花靦腆地瞇起眼睛笑著這麼說完，就去拿打掃用具。

結果——又聽到一陣乒乒乓乓、乓。

巨大的聲響再度迴盪。

「結花，妳怎麼了！」

我連忙跑向客廳。

結果看見的……是被打掃用具壓在底下的結花。

「對……對不起喔，小遊……我想把吸塵器搬過去，結果嗚喵～～一陣，就變成這樣了。」

「不要讓嗚喵～～這麼泛用好嗎！我完全聽不懂，不過妳還好嗎？有沒有受傷？」

「嗯！雖然有點痛，不過完全不要緊。」

結花說完，一如往常地笑咪咪。

但結花從剛剛就一直出狀況——讓我覺得不對勁。

「該不會……是老爸要來，妳在緊張？」

「咦！怎……怎麼會呢！才才才才、才沒有這這這這、這種事啦～～！」

妳還吃螺絲吃成這樣。

明明就緊張得不得了嘛……雖然我也沒資格說她，她這種心情我能體會。

眼前我先收拾好打破的盤子和吸塵器這些東西，然後讓結花在沙發上坐下。

我也在她身旁坐下，好好說給她聽：

「我之前可能也說過……我家老爸是個成天傻笑，不太會想什麼深奧問題的傢伙，所以不必緊張，或者說不用太把他當一回事啦。」

「這也說得太過火了吧！媳婦不把公公當一回事，這孩子也太糟糕了！」

「不，那樣就可以了……畢竟他擅自決定自己小孩的婚事，就像個沒常識大人的代表。」

我們正說著——玄關的門鈴就叮咚一聲響起。

「呀～～！已……已經來了啦，小遊！怎……怎麼辦？」

「先放著不管一陣子吧。」

「為什麼！真是的，小遊你也考慮一下我的立場好嗎！」

結花留下這句話就趕緊跑向玄關。

我也心不甘情不願地跟去，雖然實在提不起勁。

然後，結花先揉了揉臉頰整理好表情之後——才打開玄關的門。

「幸……幸會！我是綿苗結花，平常承蒙遊一先生照顧了！」

「是，我很清楚——可愛的小貓咪。妳好，我是結花可愛的妹妹綿苗勇海，平常都在照顧結花。」

「滾回去。」

結花以不容分說的速度磅一聲關上門。

勇海吃了閉門羹，從外頭敲門。

「對不起啦，結花。因為妳很鄭重地打招呼，讓我忍不住想捉弄一下……就只是這樣喔。」

「就說我就是對妳這點生氣！而且，為什麼妳會來啦！爸媽不是應該明天才過來嗎？」

「呵呵……我是想盡快見到妳，所以早一步——」

「妳可以回去了～～！明天再來～～！」

剛才的緊張已經消失得無影無蹤，開始了一段很典型的綿苗姊妹較勁。

……雖然岳母在的時候顯得很有常識，勇海果然是勇海啊。

我正想著這種沒營養的念頭。

勇海敲門的聲響忽然停了。

「咦？勇海真的走掉了嗎？」

「小遊，不要大意！怎麼想都不覺得那孩子有這麼容易放棄……這肯定是圈套！」

說得真難聽。果然平常做人很重要……

就在這樣的時間點——又是叩叩兩聲。

我們再次聽見敲玄關門的聲音。

結花仍然一臉生氣的表情，對著門外說：

「……我在生氣。本來以為公公要來，我緊張得要命，妳卻這樣耍我。妳有打算道歉嗎？」

「——呃，我是真的遊一的爸爸喔。」

「啊～～！虧我已經讓步了，妳還在耍我～～！我絕～～對不會再原諒妳了！滾回去～～！哇～～！」

——嗯？剛剛說話的聲音……

「結花，妳先冷靜。這聲音不是勇——」

「就算小遊說話，我也不原諒妳！勇海大笨蛋～～！笨蛋～～笨蛋～～！」

「——噗！好好笑！勇海，妳要不要真的回去算了？」

「小那妳很吵耶……啊啊，要是看到這個狀況，結花一定會更生氣吧……」

勇海和那由說話的聲音似乎也傳進了結花的耳朵。

她完全固定在張大嘴想扯開嗓子的狀態。

彷彿還不放過這樣的結花——

門外那個人——我老爸，以有些為難的口氣說了：

「我是覺得有精神很好啦，不過眼前還是希望妳先放我進家門啊……結花小姐？」

◆

——就是這麼回事。

我先把似乎是湊巧和勇海同時抵達的老爸和那由放進家裡。

然後對關在二樓自己房間的結花喊話：

「結花，妳出來啦。」

「…………我想死。」

「太誇張了啦。跟我家老爸那種沒常識的程度比起來，剛才那樣根本就沒什麼大不了的。」

「……我要抓勇海墊背，去死……」

「咦，我也要？」

回頭一看，發現勇海與那由已經站在那兒。

老爸也晚了幾步，爬著樓梯上來。

「是說，這狀況要怎麼辦？總之，勇海只能切腹了吧？」

「……我幫勇海介錯，然後自己也去死……」

「咿～～！結花的聲調是認真的……怎……怎怎怎怎麼辦啊，遊哥？」

呃，這是妳自作自受吧？

與其怕成這樣，一開始別捉弄她不就好了……勇海也真是老樣子。

「遊一，看來你過得很開心啊，爸爸可放心了。」

「現在絕對不是說這種話的氣氛好嗎？小心我把你攆出去。」

我對說話胡鬧的老爸做出嗆辣的吐槽。

那由推開我——站到結花的房門前。

「真沒辦法，這個時候就由我來出力吧。哥，之後要給我金塊一千噸。」

「這是什麼陌生的討禮物句子……妳出力才更讓我擔心到嚇死好嗎？」

「啥？煩……真的太扯。你以為這幾個人裡面，誰最能順利說服結花？我比勇海好上一億倍吧？」

呃，現階段憑勇海是根本沒望啦。

但要說平常的行動有多離譜，那由和勇海也沒什麼兩樣。

「不說了，包在我身上。畢竟我也想報答聖誕節的恩情——我會好好做，真的。」

接著那由叩叩兩聲敲響結花的房門。

「小結，請答題。妳的房門前有誰呢？」

「小那、小遊，還有……勇～～海～～……」

「為……為什麼只有喊我的時候用這種像是下咒的聲調啊！」

「勇海，囉唆。閉嘴去睡啦。」

結花啊，妳都沒發現老爸來到二樓了嗎？

我想到這裡，那由就朝我使了個眼色並搖搖頭。

雖然搞不太清楚，那由……似乎就是為了確定這點才問出第一個問題。

「那麼，小結，我重新問妳……妳為什麼這麼沮喪？如果妳是在意我爸，他可沒有那種會在意這種事的人性喔。」

「——說是這麼說，可是人家就是想好好打招呼嘛……以小遊太太的身分。」

結花用小得幾乎要消失的音量回答。

那由以難得溫柔的聲調對這樣的結花說話。

「原來啊。所以是身為太太的自尊心之類？」

「不是自尊心啦……但我想表現出我是個像樣的太太。我希望公公能認為……即使他和小遊

不住一起，也可以放心。」

「這樣啊。小結很喜歡哥吧。」

「……嗯。我最喜歡他了。」

結花說出了真的很純粹的心意。

那由對這樣的結花繼續問道：

「那我要問了。小結，妳喜歡哥的哪裡？」

「我喜歡的太多了，說也說不完……呃，首先就是體貼吧。他不管什麼時候都很珍惜我，對小那也是，很看重家人～～嘻嘻嘻……簡直就像圖畫書裡面的王子一樣。」

結花、結花。

妳是明知道我在場還說這種話吧？

妳是打算讓我難為情死還是怎樣？

「我也喜歡他的帥氣！他長相固然帥，內涵更是超級型男！可是，有時候又很可愛……嘻嘻嘻，讓我想吃掉他。帥氣又可愛，這根本已經是神話的世界了吧！」

這種話就別再說了。

早就超過我的致死量了。

「而且啊，小遊他經歷了很多難受的事情，卻還是一～～直在努力，不是嗎？所以……我覺

得他會想要多撒撒嬌～這樣的感覺也好可愛——讓我想緊緊抱住他。」

聽結花這麼說……我想起了聖誕節那晚。

結花輕輕摸著哭泣的那由的頭，在這樣的結花身上……

在用笑容支持我的結花身上……

我的確下意識地——在她身上看到了遙遠過去的母親的身影。

嗯，這我承認。

承認歸承認……但再說下去就太難為情了，所以我真的希望她別再說了。

可是，結花一旦被點燃就不可能這麼輕易停下。

「我想給這樣的小遊滿滿的療癒，也想和他一起創造開心的回憶。我也做不出什麼好的結論，總之——我最喜歡有著各種樣子的小遊了！」

「——謝謝妳，結花小姐。謝謝妳對遊一這麼有心。」

老爸之前一直默默聽著那由和結花說話——這時忽然開口了。

聽到他這麼說，結花……先發出乒乒乓乓的巨大聲響，然後喀一聲打開門衝出來。

「公……公公公公公公！我……我剛剛實在太失禮了！我是綿苗結花，最喜歡遊一先生，呃、呃……」

「不用緊張，結花小姐。妳的心意，我已經很明白了。」

老爸不改臉上的笑容，對慌得無以復加的結花這麼說，然後轉頭看向我。

「哎呀，你們兩個的生活似乎很順利，爸爸很開心。」

「……開心你個頭。老爸，你應該有話要跟我們交代吧。」

「有話要交代——說得也是。雖然我想會跟你聽綿苗先生說的一樣就是了。」

老爸先以令人難以捉摸的態度說笑。

接著刻意清了清嗓子——開始說起這門婚事的真相。

「我想你已經聽綿苗先生說過了。這門婚事啊……是在我的請求下開始談的，而且是在我知道結花小姐就是——『和泉結奈』的前提下。」

第16話　【這門婚事的】父親，述說【內幕】

老爸先是說出「雖然我想會跟你聽綿苗先生說的一樣就是了」這麼一句開場白。

然後給我扔出令人難以置信的爆炸性發言，讓我當場愣住。

「……你剛剛說什麼，老爸？」

「這門婚事，是在我的請求下開始談的啊，兒子！……這句嗎？」

「不是這裡啦！是下一句，下一句！」

「——噢，結花小姐就是『和泉結奈』這件事，我從一開始就知道啦。」

這傢伙是怎樣？

他知道自己若無其事說出來的話有夠離譜嗎？

「等等，爸。幫小結和哥引見的時候，我也沒聽說這件事耶。」

「因為我沒說嘛！」

「這傢伙是怎樣，煩死……哥，我們一起埋了他吧。」

ＯＫ，那由，我們久違地來一場兄妹合力吧！

我們正表現得血氣方剛——一旁的結花就略顯不解地問起：

「——公公，可以請問一個問題嗎？您說知道我就是和泉結奈，也就是說……是因為我是和泉結奈，公公才會提起這門婚事？」

「結花小姐，妳的直覺很準啊，就是妳說的這樣。」

「原……原來是這樣嗎……！」

「竟然有這樣的內幕……我作夢也沒想到。」

結花與勇海乖乖接受了這個說法，露出嚇一跳的表情。

但我和那由一點也不能接受。

「不不不，這個說法太奇怪了吧。老爸不是說過這是一場政策聯姻，是因為會影響到你出人頭地才提的嗎？」

「這我可非得同意哥不可了。好好解釋清楚啦。」

「咦？我沒說過這種話啊。」

都到這個地步了，沒想到老爸竟然開始說話不算話。

不不不，你絕對說過。

當初老爸透過電話對我說過的話，由於內容實在太震撼——我到現在還記得清清楚楚啦。

『爸爸現在正面臨很關鍵的時期。公司要把爸爸派到海外新分部的重要職位，之後不是順勢走上出人頭地的道路，就是失勢淪為窗邊族。』

『嗯。所以呢？』

『在這樣的情形下，爸爸和老主顧那邊的高層熟了起來。聽說對方的千金從念高中起就去東京一個人住。他這做爸爸的，似乎有很多事要擔心，像是人身安全啦，會不會被壞男生騙啦。』

『……我隱約猜得到接下來的部分了。所以你這老主顧的千金，就是我的結婚對象？』

『你這門婚事，說是攸關佐方家的命運也不為過。』

「——對吧，我沒說吧？」

即使我說出當時的對話，老爸仍一臉若無其事的表情給我說出這樣的話來。

「你明明就說了吧……說面臨很關鍵的時期，攸關能不能走上出人頭地的道路。」

「嗯，畢竟當時真的是很關鍵的時期，加班時間也很不得了。」

「不就是說在這時期，和當時是你們公司大主顧高層的結花她父親熟識嗎？」

「沒錯沒錯，在工作開完會之後喝酒聚餐時。」

「然後，結花的父親擔心結花一個人住……又說我的這門婚事攸關佐方家的命運……」

——咦？

說到這裡，我覺得好像解釋不清楚，因而說不出話。

老爸看著這樣的我，開始用令人捉摸不清的態度整理。

「當時的我正值攸關能不能出人頭地的關鍵時期。就在這段時期，我認識了綿苗先生，聽他說起擔心結花小姐一個人住。這兩件事都是事實——可是，我沒說這兩件事有關吧？」

…………真的假的？

聽完老爸這番話，我驚愕得話都說不出來。

「哥，不要被這個詐欺犯給騙了啦。他的確沒說這兩件事有關……但他不是說『攸關佐方家的命運』嗎？詐欺犯，這句話你又要怎麼解釋？」

「呃……首先我是希望妳不要用詐欺犯來稱呼爸爸啦。」

老爸先皺起眉頭，發了牢騷。

然後——對我們說了：

「那我就照順序說了，把決定這門婚事的來龍去脈說給你們聽。」

◆

——我一邊聽老爸說一邊在腦子裡整理。

老爸因為工作上的需要來到東京時，認識了結花的父親。

之後舉辦的餐會上，兩人坐的位置近……據他說是聊起彼此都有個讀高中的小孩，聊得很盡興。

結花的父親——說起女兒出道當聲優，從高一就上東京的情形。

老爸——說起兒子因為父母離異以及國三慘痛的失戀，對三次元失去興趣，一頭栽進了《愛站》的情形。

…………怎麼感覺對方對我的印象會糟糕透頂？

我想歸想，但實在太可怕，就先不吐槽了。

就這樣，似乎就是因為老爸提起《愛站》這個名稱……結花的父親才會告訴他在這個遊戲裡擔任聲優的和泉結奈，就是他女兒。

而老爸聽到和泉結奈這個名字——似乎立刻想到她就是為我心愛的結奈配音的聲優。

老爸說是當時喝得有些醉了，便一鼓作氣這麼說：

「我那個兒子就是只愛著結奈，活在當下！所以，他一定能讓令千金幸福——可以請您考慮他們兩人的婚事嗎！」

……怎麼想都覺得是個真的有毛病的人會說的發言吧。

而且還說兒子只愛著結奈而活在當下，根本是糟上加糟，糟到天元突破了吧。

說當然也是當然——結花的父親對於這個提議，起初似乎面露難色。

但老爸不死心，說是講了很多我的優點。我實在太怕，不敢問他說了什麼就是了。

於是，最終來說——

兩人似乎順利達成了協議。

「——等一下，什麼叫作『似乎順利達成了協議』啊？」

不要把最後的結果輕描淡寫地帶過。

「沒有啦，最後我也喝得相當醉了嘛。坦白說，有點記不清楚啦。」

「……竟然是不記得喔？」

怎麼想都覺得這絕對才是最重要的點吧？

然而，老爸卻含糊地做出結論……讓我愕然。

「不過差不多就是這樣，攸關『佐方家命運』的遊一和結花的交往也就這麼開始了！」

「慢著慢著，到頭來究竟是什麼事情『攸關佐方家的命運』啦！」

「那當然是如果你一直對三次元沒興趣——佐方家就沒有人傳宗接代。這件婚事，攸關佐方家的香火能不能延續的這個命運，不是嗎？」

「…………唔唔唔。說是說得通啦……」

「唉……原來如此啊。所以到頭來，這件事也是野野花來夢害的了。」

我什麼話都回不了——那由就在我身旁發起牢騷。

「……不不不，連這也要說是來夢害的就太血口噴人了吧。」

「才不是血口噴人。即使散播消息的不是野野花來夢……她也是做出讓哥會錯意的行動，讓哥走偏了路，想斷送佐方家的血脈吧？那不就是傾國傾城的壞女人嗎？真的，埃及豔后。」

那由先展開了這麼一段豈有此理的邏輯。

然後低下頭——咬緊嘴脣後說：

「爸的確是莫名其妙，但要丟下對三次元沒了興趣的哥，離開日本……我也很擔心。所以，這種事——就是野野花來夢害的。」

「……那由。」

妹妹露出泫然欲泣的表情，我輕輕把手放到她頭上。

看著我們互動的結花也靠近那由，用力抱緊了她。

勇海同樣身為妹妹，似乎也有所感，擦拭著自己的眼淚。

至於在這氣氛變得有些催淚的走廊上——老爸在做什麼……

「啊啊，對了，我想起綿苗先生說過一件事！『如果是在我答應他們結婚前就有肉體關係的那種輕薄的男人，我絕對不會原諒』……」

——他再度扔出了不得了的炸彈。

這一瞬間，在場所有人的視線都朝向……同一個人身上。

「……咦？哥，還有小結，連勇海都是，你們為什麼瞪我啦！」

那由似乎感受到視線，慌了手腳似的出聲問大家。

會慌了手腳，也就表示心知肚明吧。

這些日子以來，那由千方百計搞各種惡作劇要我們生小孩。

這件事險些讓我們的婚事當場遊戲結束……大家怎麼想？

「不……不對不對！爸爸他們的這種內情，我哪有可能知道啦！再怎麼說也太蠻橫了吧！真是的……開什麼玩笑，真～～的～～！」

◆

就這樣，雖然這一天發生了很多事。

為了明天兩家人的會面，眾人還是決定早點睡。

「唉……真的有夠討厭，還要和勇海一起睡。」

「這是我要說的話。誰知道我睡著的時候，妳會對我做些什麼。」

這次老爸也在家，一樓就給老爸，於是以消去法決定那由和勇海睡同一個房間。雖然她們兩個直到最後都抱怨個不停就是了。

而我和結花則一如往常……各自鑽進排好的被窩裡，關了燈。

「……小遊～～」

「什麼事啊，結花？」

我躺在床上看著天花板，結花蠕動著靠了過來。

當我們的身體碰在一起……她就開始用頭在我身上轉啊轉地磨蹭。

這樣很癢耶。

「小遊，你睡不著嗎？」

「嗯～～……是有一點啦，還是會緊張。」

——遊一，結花從你身上得到了什麼呢？

明天，結花的爸爸和媽媽會特地來到我們這邊。

然後我的家人和結花的家人見面，一起用餐……到那個時候，我就非得回答岳父的問題。

不對……不是這樣啊。

我是想回答，讓自己不愧為——結花「未來的丈夫」。

為此——我去和來夢見面，面對國三的黑歷史。

從老爸嘴裡問出這門婚事真正的來龍去脈，試著去面對岳父的心意。

為了讓岳父認同我們，以後也能和結花笑著在一起。

可是…………

「結花，每次都要謝謝妳啊。」

「怎麼啦，這麼突然？我才要謝謝你呢～小遊！」

「……我覺得從妳身上得到了很多。國三那年冬天掉進人生最低谷的時候，也是靠著結奈才能站起來。自從我們一起生活後，也多虧妳——有了很多開心的回憶。」

「嘻嘻嘻……嗯！」

「所以，我覺得——有點過意不去。妳給我的多得數不清，但是我……好像都在接受。」

「——小遊你啊，有些時候笨笨的呢。」

結花看到我不由得說出喪氣話，便嘻嘻一笑。

接著，她握住我的手——說道：

「小遊把爸爸說的話想得太困難了啦。我就多虧小遊，過得充滿了幸福。所以……就算爸爸真心反對我們結婚，也不要緊！」

「不要緊……這話怎麼說？」

「因為到時候——我們就私奔啊！」

看到結花一臉踐樣說出不得了的話——我不禁笑了。

看到這樣的我，結花也開心得一臉笑咪咪。

「總之我要說，我就是這麼喜歡小遊！因為小遊早在我們認識之前就一直支持我，是我非常重要的人！」

……早在認識之前。

──你是「談戀愛的死神」……是比誰都更一直愛著結奈公主的最強粉絲，不是嗎？

阿雅得知結花真面目時說的那句話就像電流一樣，在我的腦子裡重播。

同時，我感受到先前一直梗在胸口的事物──漸漸消融。

「……對喔……我知道了，結花。」

「咦，小遊？你怎麼啦？」

我也不管身旁嚇一跳的結花，從被窩裡跳起──拉開了擺滿結奈周邊的書桌最下面的抽屜。

接著，拿出塞在最裡面的一個黑色小盒子。

「我總算找到了，結花……找到了能抬頭挺胸對岳父說出口的『答案』。」

第17話　男人一生一次的大事就要開始，還請聽我說

——於是，決戰的早晨來臨了。

這樣講也許會讓人覺得未免太誇張了，可是……在我看來，就是需要這麼強大的覺悟，所以也無可奈何。

今天稍後要進行的——是我們家和結花家的會面。

這對男人而言，不折不扣是一生一次的大事。

是為了得到對方父親的肯定而竭盡全力的——考驗。

「……好！」

我整理好服裝儀容，回到自己的房間後，就拿起丟在桌上沒收的手機。

畫面上跳出兩則ＲＩＮＥ通知。

沒錯，是知道情形的兩個朋友傳來的——激勵訊息。

『竟然開了要和現實未婚妻的雙親打招呼的事件，遊一你太猛了吧！為了你，也為了結奈公主，可千萬別選錯選項啊，三次元沒辦法重來的！』

就叫你不要連這種時候都拿遊戲來比喻了。

真是的……謝啦，阿雅。

『呀呵，佐方！你有沒有太緊張？英雄就是要一次又一次苦惱，一次又一次吃苦，但還是繼續奮戰——最後才給出答案。絕對不要輸喔。因為能讓結結幸福的，就只有佐方……甩掉所有對手！我支持你☆』

是很有二原同學風格，讓人感受到熱情的文章。

謝謝妳。每次都是靠妳幫忙，但只有今天——我會靠自己努力。

「小遊～～！大家差不多都準備好要出門了喔～～」

一樓傳來結花喊我的聲音。

我把手機收進口袋後，打開書桌最底下的抽屜——從裡頭拿出一個黑色小盒子。

然後，先將盒子放進手提袋。

這才深呼吸一口氣……離開了自己的房間。

◆

奢華得這輩子沒來過的料亭包廂。

這個包廂有著在榻榻米上擺了桌椅這種日常生活中罕見的格局。

我、那由和老爸——在等對方一家人抵達。

「……這、這是，高級料亭之類的地方吧？不妙，哥……我根本不懂用餐禮儀什麼的。」

「為什麼是妳在緊張啦……禮儀什麼的我也不懂，不過妳還是先冷靜啦。」

「沒錯沒錯，不用那麼緊張，沒問題的！放輕鬆，放輕鬆。」

「……咕！」

那由似乎難為情了，把臉撇開不看我和老爸，忸忸怩怩地整理起裙襬。

大家說好還是穿得正式些……於是那由現在穿著襯衫配長裙，是她平常極少會穿的服裝。

我也穿襯衫打領帶，一整套正式服裝待命。

「各位客人，失禮了。」

這時紙門拉開……看似老闆娘的人維持跪坐姿勢，恭恭敬敬地朝我們一鞠躬。

「同桌的客人到了，可以請他們進來了嗎？」

——於是……

結花的父親與母親被帶進了包廂。

結花的父親——黑框眼鏡下露出強而有力的眼神，以及摻雜白髮的短髮。身穿和服，散發出的氣息充滿了威嚴。

結花的母親——有著一頭留到肩膀的亮麗黑髮，與一身和服相得益彰。

「讓……讓各位久等了！」

接著是去車站迎接他們兩位的結花與勇海進了包廂。

結花穿著白色襯衫與淡色開襟針織衫，以及長到腳踝的長裙——穿著打扮比平常成熟些。

接著是——白色襯衫上搭配管家似的黑色禮服……

戴著有色隱形眼鏡的眼睛發出藍色光芒，和平常沒什麼兩樣的勇海。

「……男裝符合服裝規定嗎？勇海，妳是白痴嗎？」

「那由，妳安靜……勇海好歹也是未婚妻那方的家人，就算覺得奇怪也不可以說出來啦。」

「呃……你們兩個可不可以用別人聽不見的音量講？」

我們忍不住圍繞著勇海的打扮輕鬆聊了兩句。

但場面迅速回到嚴肅的氣氛。

我、那由、老爸。

結花、勇海、岳父、岳母。

以佐方家與綿苗家兩家面對面的形式就座後——兩家的會面就揭開了序幕。

「綿苗家的各位，本日非常謝謝各位遠道而來。以及……久違了，綿苗先生。」

「……是啊，我們才要感謝各位百忙之中空出寶貴的時間呢，佐方先生。」

「結花小姐與遊一有緣，讓綿苗家與佐方家能安排這樣的場合見面，讓我非常高興。今天時間雖短，仍然希望會是一段促進兩家感情和睦的有意義的時間。那麼——首先我自我介紹，之前一直錯過機會了，我是遊一的父親——佐方兼浩。」

老爸主持得有板有眼，從他平常胡鬧的樣子簡直無法想像。

對喔，雖然他在家是那樣的老爸。

不過聽說在公司被賦予重任，在這種關鍵場合也表現得堂堂正正……感覺在外面也許還挺像樣的啊。

「那麼，就由我們家開始，依序自我介紹——遊一。」

「……是。」

雖然不習慣這種鄭重的場合。

為了接下來的決戰，我不能在這裡就先跌跤。

「我是佐方遊一，感謝各位不遠千里而來，參加本次會面。本日還請——多多指教。」

呼……總算沒吃螺絲，打完了招呼。

而接下來是坐在我旁邊的妹妹。

「幸……幸會！我、我是佐方那……那由……就讀高二，是遊一的妹妹。呃、呃……請多多指教……」

那由打完招呼的同時，整個人垂頭喪氣。

真難得看到那由這樣啊。

也許那由就是這麼不希望給我的婚事扯後腿。謝啦，我可愛的妹妹。

「我、我是綿苗結花！本次很感謝各位舉辦這麼有意義的會面！我非常、非常——期待！」

接著打招呼的，是一如往常天真無邪感全開的結花。

即使是在這樣的場面，當結花一發言，氣氛就會整個明亮起來。

「——我是結花的父親，綿苗陸史郎。本日非常感謝各位安排這樣的會面，期盼暢談之際能慢慢加深兩家的感情。」

岳父的自我介紹和我家老爸又不一樣——氣氛非常莊嚴肅穆。

低沉又鄭重的聲調，讓人光聽他說話都覺得受到震懾。

接著起身的是岳母。

「我……我是結花的母親——綿苗美空！我不太會應付這種隆重的場面，所以……希望大家可以放輕鬆，培養兩家人的感情。結花……結花她……還請多多關照！」

……感覺就只有岳母打招呼時，結花和勇海格外提神防備。

岳父嚴格，岳母則有點少根筋——我心想也許綿苗家之前就是靠這樣的方式平衡，順利運作到今天。

而最後是——勇海。

「各位好，我是結花的妹妹，綿苗勇海。結花很愛撒嬌，又有些地方少根筋，就像個讓人費心照顧的妹妹。但我期盼這樣的結花能夠得到幸福——以後也要請各位多多關照了。」

勇海先裝模作樣地自我介紹完，然後才就座。

但我沒漏看……她就座的同時，被結花狠狠踩了一腳。

◆

接下來的兩家會面成了一段暢談的時間。

「現在才說不免晚了，不過我讀國三，小那是國二吧，所以——妳可以叫我勇海姊姊喔。」

「……嘖！看人家跟妳客氣沒發威，就得寸進尺……」

勇海一臉喜形於色，彷彿要回敬平常吃的虧，對那由表現得很強勢。

畢竟平常她都被那由說得回不了嘴。這種心情我也不是不懂……不過妳要知道那由可是很會記恨的啊。

之後勇海被講哭的情景已經浮現在腦海。

「遊……遊一先生！今天真是好天氣！結……結花在府上過得可好……？還請您，請您！務必讓結花過得平平安安……！」

另一方面，我則被亢奮得驚人的岳母問話。

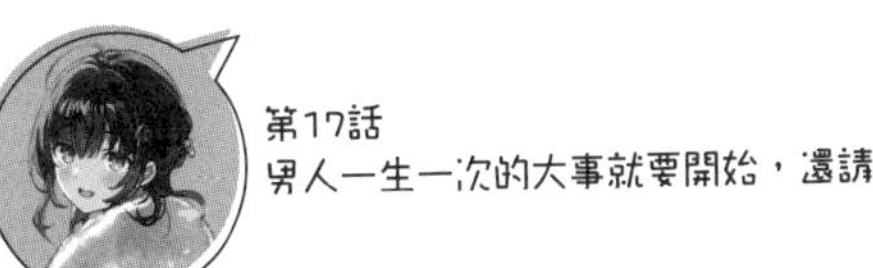

「媽，妳這樣很失禮！我過得很好！妳看！」

「可……可是……在家裡就看不見，所以我好擔心……」

「真是的，媽妳就愛瞎操心～～……爸爸也說說媽兩句啦！」

「——孩子的媽，不用擔心。遊一不是那樣的孩子。」

岳父聽完岳母與結花的對話，冷靜地做出宣告。

接著岳父回過頭——和坐在正對面的老爸對話。

「不好意思啊，佐方先生。內人個性就是有點太會操心。」

「哪裡哪裡。有個這麼漂亮的女兒，會操心是當然的。畢竟結花小姐真的是很棒的女兒。」

「過獎了——這個女兒還有很多地方需要長進，讓人有操不完的心呢。」

「要這麼說的話，我家兒子可嚴重多了。綿苗先生，我們彼此大概都還無法放開小孩呢。」

「一點也不錯。」

平常總是態度輕浮的老爸說著成熟的話題。

而與他面對面的岳父也不動如山，不改冷靜的態度。

我一邊旁觀他們兩人對話——一邊感覺到心臟的跳動變快了。

「——綿苗先生，先前我突然提起遊一和結花小姐的『婚事』，實在太唐突，非常失禮。」

「哪裡。畢竟我也答應了，這不是您該道歉的事情。」

「這門婚事……是從我們兩個人開的頭。然而，最終進展到同居這個形式，是基於遊一和結花小姐——基於『孩子們的選擇』，這是我的認知。不知道我們的見解可有不同？」

「——沒有。」

「那麼，我要鄭重請問，關於他們兩人的『婚約』，以及將來『結婚』——我們兩家都是接受的，這樣的認知有沒有問題呢？」

老爸一口氣切入今天見面的核心。

心臟的鼓動更是不斷加劇。

在這樣的情勢下，岳父——鄭重地開了口：

「……佐方先生，可以讓我和遊一單獨談談嗎？」

——之後，老爸請店裡的人安排。

我和岳父挪到離先前的包廂稍遠的小包廂裡。

榻榻米上擺著桌子，兩張椅子放在對坐的位置。

「……我們就先坐下聊聊吧。」

「好……好的！」

就這樣，我和岳父——面對面就座。

心臟跳動的速度快得讓我懷疑是不是要脹破了。

意識幾乎要遠離，呼吸變得困難。

然而——要是這個時候退縮，就沒有資格當結花「未來的丈夫」。

我用指甲掐著自己的大腿，抬起頭正視岳父。

「——遊一，我可以說些往事嗎？」

岳父視線也落在我身上……以平淡的口吻說起。

「說來見笑，我是個工作擺第一的人。日復一日，工作到深夜，家裡的事情幾乎全都交給了內人。」

「……我了解您的工作很忙。」

「結花不敢去上學的那時候也是，我甚至沒能好好擠出點時間。而且，我又是這種個性，一句好聽的話都沒辦法對她說。說來很沒出息——我愧對自己作父親的職責。」

這平淡中又透露著幾許落寞的聲調。

就像水一樣，慢慢滲進我的心。

「我束手無策……但結花重新站起來，決定當聲優。我鬆了口氣固然是事實，但我好歹也是個做爸爸的，讀高中的女兒要一個人住還是會擔心。正因為這樣，佐方先生的提議確實有讓我覺得可貴的部分……坦白說是這樣。」

岳父如此吐露自己的心聲。

說出對結花的愛；對過往的自己感受到的懊惱；身為父親複雜的心情。

接著，岳父——目光直視著我。

問出了和那天一樣的問題。

「正因為這樣，在答應你們結婚前，我想聽你說說看。遊一——結花究竟從你身上得到了什麼呢？」

第18話 雖然我這麼沒用，但我有了想保護的事物

——結花從我身上得到的東西。

聽到岳父再度問出這個問題，我全身神經一麻。

然而，我用力握緊拳頭，持續直視岳父。

為了這一天，我和來夢見面、面對自己的過去。

然後，我把自己心中「野野花來夢」這個幻想的精神創傷結清了。

所以——我絕對不撇開目光。

「…………對於以前的結花小姐，我只透過她的描述認識了。」

起初在班上看到結花時——心想她是個樸素不起眼的女生。

然後很快就以被家長擅自決定婚事的當事人身分見面……發現這個女生的興趣比想像中更合拍、更好聊。

而現在——我認為她是個天真無邪、少根筋，在一起會很令人安心的女生。

「包括她受到同班同學霸凌，拒絕上學的那段難受又痛苦的時期；包括她為了改變這樣的自己，去參加聲優選秀，滿懷抱負上東京的決心之堅定；包括她作為一個初出茅廬的聲優努力奮鬥，但一直不順利而沮喪的日子。當時不在場的我——都只能透過話語得知。」

沒錯，我真的不知道。

我聽說過情形，但並未親眼見證……就只能想像。

對於結花和現在不一樣，失去笑容的那陣子的悲傷。

對於結花打破自己的殼，作為聲優衝向世界的堅定決心。

對於結花面對聲優這個工作的艱難，以淚洗面的日子所感受到的苦惱。

「——這應該是無可奈何吧。你和結花原本只是陌生人，要理解對方活過的所有歷史……終究是強人所難。」

「是。因為哪怕是情人、未婚夫妻、結婚對象——都只能從彼此邂逅的那一瞬間才開始互相參與。我想，彼此就只能在認識之後的時間裡互相給予……尋常人之間的情形是這樣的。」

「……這話怎麼說呢？」

照常理說，人與人之間的交流——必須在邂逅的那一瞬間之後才能開始。

但結花有著另一個次元的面貌。

我也有著另一個面貌，將訊息傳達給待在這另一個次元的她。

這正是我——對岳父的「回答」。

「如果說我給了結花小姐一些什麼，那……多半就是我從認識她之前，就一直送去給她的『話語』。不是給結花小姐，是給和泉結奈。不是以佐方遊一這個身分——而是以『談戀愛的死神』這個身分。」

接著我從手提袋裡拿出黑色的小盒子。

我將小盒子朝向岳父，然後慢慢——打開了盒蓋。

裡面裝的是無數信件。

沒錯，這是「談戀愛的死神」寫給和泉結奈的粉絲信……

——的廢案。

「……我可以看嗎？」

「……是。麻煩您了。」

坦白說，要讓岳父看，信裡的文章實在太生澀，太令人難為情。

何況盒子裡放的都是廢案，那就更不用說了。

只是，留在這盒子裡的——是我說什麼都沒辦法丟掉的廢案。

裡頭充滿了我對她的心意……讓我想珍重地收好。

『結奈，因為有妳，我才能再度跳進世界。謝謝妳，我真的很慶幸能遇見妳。』

『結奈，不習慣的錄音一定很辛苦吧。如果妳會沮喪，最好乾脆去睡一覺。今天就請妳好好休息，改天再展現出迷人的笑容喔。』

『結奈的笑容今天也帶給我活力。那是我在這世界上最喜歡的笑容。』

『結奈的笑容有著能帶給大家活力的力量。每次都很謝謝妳，我也會一直一直全力支持結奈——希望讓妳隨時都能展露笑容。』

岳父一封一封讀著「談戀愛的死神」的信。

我靜靜等待的時候——忽然想起了我和結花兩個人抽到的籤。

◇姻緣『有不測的障礙。要堅定心志。』
◇姻緣『貫徹就會實現。要持續奔跑。』

——這不折不扣就是不測的障礙啊。

我認真苦思，真的差點就要氣餒。

可是——因為結花一直貫徹對我的愛，一直在奔跑。

為了能陪在這樣的結花身邊，我堅定自己的意志力，現在出現在這裡。

……說來說去，結果還是變成結花說的那樣啊。

把我和結花的籤詩合在一起——就怎麼看都只能是良緣了，真的。

◆

「……謝謝你，我都看過了。」

經過一段漫長得像是永恆的時間。

岳父將看完的信仔細收回盒子裡。

然後，他抬頭仰望天花板——對我問道：

「遊一——這就是『回答』，是吧？」

雖然不由得有些想退縮，但我還是挺住。說道：

「是。這就是我對岳父的問題做出的『回答』——是我能懷著自信說我給了結花的東西。」

「——的確，我認為這些訊息很溫暖。可是，這些終究是要給作為聲優身分的結花……不是嗎？」

「您說得是，這些信是要寫給和泉結奈小姐的。可是，『談戀愛的死神』想傳達給她的心意——不是這種只有形式的東西。是我想要傳達給有能力讓大家都面帶笑容，比任何人都更加迷人的『她』……的訊息。」

接著我坦率說出了自己的心聲。

同時腦子裡浮現出「她」那——像是萬花筒般千變萬化的表情。

「遇見結花小姐以和泉結奈這個身分配音的結奈……我覺得自己重獲了新生。是由結花賦予了生命的那個女生溫柔的說話聲——讓本來再也笑不出來的我找回了笑容。」

起初，是結奈。

我從存在於二次元的結奈身上得到了滿滿的活力和笑容。

多虧她，我才能夠擁有站起來的勇氣。

「後來，我開始寄粉絲信給和泉結奈小姐。我很想把感謝的心情……傳達給無論何時都會帶給我活力的她。我心想當她遇到難受、悲傷的事情時，如果我的話能多多少少──讓她笑一下，那就太好了。」

接著，是和泉結奈。

想讓簡直和角色結奈一模一樣，天真無邪又少根筋的和泉結奈能夠一直面帶笑容。

我希望能永遠支持她。

──接下來的我……

在最後，認識了綿苗結花。

就在那櫻花還盛開的……四月的那一天。

「當我知道這樣的和泉結奈就是家長決定的結婚對象時，我真的嚇了一跳。然而，我之所以會選擇和結花小姐在一起……不是因為結花小姐是和泉結奈，不是為了這樣的理由。是因為我認為——無論是什麼樣的她，都是個很棒的人。」

是結奈、是和泉結奈，又是綿苗結花的——我的未婚妻。

從認識到現在，真的發生過各種事情啊。

有過很多很多開心的事情，也鬧出過不可收拾的驚濤駭浪。

可是，不管什麼時候……結花都面帶笑容陪在我身邊。

所以只要是為了保護結花的這種笑容，我——不管什麼時候也才都能全力去對抗。

無論是和活動撞期的志工活動那次。

二原同學陷入危機的夏季廟會那晚。

努力克服國中時期難過往事的校慶。

兼顧人生第一次教育旅行與店鋪演唱會。

還有為了那由而奔走的聖誕節那時候也是。

——無論什麼時候……

第18話
雖然我這麼沒用，但我有了想保護的事物

「是結奈、和泉結奈，還是綿苗結花……都已經不重要了。我——我由衷想一直愛下去，是因為她包含了這一切！」

目睹雙親離婚，在國三嚐到慘痛的失戀滋味後——我就一直避免和三次元女生談戀愛。

我想著為了不讓自己受到周遭不必要的批評，我要表現得像「空氣」一樣。

然而——雖然我這麼沒用……

我卻有了絕對想保護的事物。

「所以我往後也會……繼續守護她的笑容，我會和她一起創造開心得會忍不住笑出來的每一天。因為我認為，這才是我——能夠給予結花小姐的事物！」

沒錯。我想一直保護……綿苗結花。

保護在這個世界上，我比誰都愛、都珍惜的——我的未婚妻。

「……要一直守護結花的笑容。這就是遊一你的——『回答』嗎？」

岳父像是複誦我的話，慢慢如此說完後。

以彷彿磨過的刀刃般銳利的認真眼神——正視著我。

「如果我說女兒不嫁給你……你會怎麼做？」

「我會回答我絕不放棄。無論被否定多少次，不管要低頭懇求多少次，我都會去做。」

「如果我說……想要我女兒，就讓我揍你一拳呢？」

「我會心甘情願送上我的臉頰。無論您要怎麼揍我都無所謂，如果這樣能讓我和結花小姐在一起。」

「……你是認真的吧？」

「是。」

我的視線完全沒有從岳父身上移開，做出這樣的回答之後……

我從座位上起身——說出卯足了全心全意的話：

「無論是聲優和泉結奈小姐，或不擅長和人說話，在學校會變得很生硬的結花小姐，還是天真無邪又活力充沛的真實結花——這一切我都愛著。哪怕我們的婚事會被反對幾千次，哪怕要幾萬次，我都會去表達同樣的心意。所以——」

接著，我深深一鞠躬。

「岳父，求求您！請把結花小姐——嫁給我！」

——就是在這一瞬間。

紙門被人拉開……哭花了臉的結花跑了進來。

「咦，結花？妳做什麼——」

「我也是……全世界最愛的就是小遊！」

結花這麼呼喊，然後用力抱住我。

「等一下，結花！現在是絕對不可以做這種事情的場面啦！」

「沒關係！因為我也是……全世界最愛小遊！」

我和結花正僵持不下。

勇海與那由就一臉傻眼的表情從走廊走進來。

「……啊啊，真是的。結花就是克制不了自己。」

「不過……這樣比較像小結，也沒什麼不好吧？」

接著跟在後頭進來的，是笑咪咪地露出和藹笑容的岳母與老爸。

「咦，怎樣？該不會所有人——都在外面聽了？」

「畢竟這是遊一一生一次的奮戰啊。哎呀，做爸爸的能夠看到兒子長進的模樣，真是太有眼福啦！」

真的假的……我怎麼想都覺得被刻下了一段新的黑歷史耶。

我不由得全身虛脫，結花就放開我。

然後順勢在榻榻米上跪坐下來——朝我老爸深深低頭。

「我發誓，會一～～直以『妻子』的身分支持遊一先生！我保證會讓他充滿笑容！所以……請把貴公子交給我！」

看到結花正經地說出這樣的話——老爸噗嗤笑了出來。

隨後彷彿被他的笑感染，大家也都笑了起來。

這樣的氣氛下……岳父伸手到自己懷裡。

拿出了一張和他嚴格的外表不搭調的粉紅色信紙。

……………等等，咦？那該不會是「談戀愛的死神」的粉絲信廢案？

為什麼岳父會有這個——

「起初提到婚事的時候，我並沒有馬上點頭。可是，當佐方先生把這個交給我……我馬上就想到，上東京的結花每次在電話裡開開心心提到的，就是這個名字。」

咦，跟老爸拿的？

我完全掌握不了狀況，岳父繼續說道：

「結花能夠露出笑容，是多虧了『談戀愛的死神』——多虧了你。所以，我才會接受佐方先生的提議。不過……我就只擔心一件事，那就是你的這份心意是否真的不是要給和泉結奈，而是給綿苗結花。非常抱歉——做出這種像在考驗你的事情。」

「哪……哪裡……沒關係，可是……老爸！為什麼岳父手上會有我的信啦！」

我的腦袋陷入恐慌，都忘了禮節等等的顧慮……但我沒有心思去管那些了。

然而，老爸卻一臉不在乎的表情——若無其事說了：

「說穿了就是這麼回事……我說我喝醉所以忘記，是騙你的！抱歉啦！」

「好糟……爸，你說真的嗎？那不是騙子嗎？好可怕！」

「因為這種事情，不自己得出答案就沒有意義吧？哈哈哈！」

原來如此……那由愛說謊是來自父親的遺傳啊。

我已經連吐槽的氣力都漸漸沒了……既然都到這地步——

「結花小姐，我才要拜託妳——遊一還請妳多多關照。」

然後老爸對結花鞠躬並這麼說。

岳母也接著走到我面前……對我深深一鞠躬。

「我認為結花和遊一先生非常登對。所、所以……小女還要請你多多關照了，遊一先生。」

似乎是被大人們帶起的這種局勢觸發。

那由與勇海也都跟著鞠躬，說出自己的心聲。

「哥……哥雖然有很多地方很糟糕！但他其實是個很體貼的人！他絕對能發誓帶給結花小姐幸福，所以——還請多多關照！」

「結花有些地方很頑固，也有些地方少根筋……可是她比誰都體貼，是我自豪的姊姊。所以，還請……多多關照。」

——這場親家會面漸漸呈現出一場致詞大戰的樣貌。

就在這陣忙亂中，我想鄭重對岳父好好說幾句話。

「岳父，對不起，弄得鬧哄哄的。呃……我還是重新說一次，請把結花小姐嫁給我——」

「……不需要說那麼多次。你的心意，我已經明白了。」

打斷我說話的同時——

原本一直不苟言笑的岳父……微微一笑。

他笑的方式讓我有種感覺。

總覺得——跟學校款結花露出不掩飾的表情時很像。

「遊一先生，小女——結花還請你多多關照。」

第19話 【超級好消息】我和我的未婚妻今後也會在一起

兩家人的會面結束，我和結花精疲力盡，回到了家。

「啊啊……累死我了。」

「小遊辛苦了……不過不只是小遊，我也相當累了……」

勇海本想在我們家過夜，但岳父岳母阻止，將她帶上了回程的新幹線。

老爸和那由今天似乎已經訂了旅館，會面完之後立刻和我們道別。

就這樣，只剩我和結花兩個人後——就有種緊張的絲線繃斷後的癱軟感。

後來我們兩個人只沖了澡，就鋪了棉被。

雖然才九點左右，我們兩個都早早鑽進了被窩。

換作平常，這時間我們都還行有餘力地醒著，但疲勞的顛峰已經來臨，也沒辦法。

於是我鑽進被窩後——很快就睡著了。

——可是，或許是因為實在太早睡。

我在深夜忽然醒了。

睜開眼睛的瞬間，映入眼簾的……是跨在我身上，把嘴唇湊過來的結花。

「……結花？」

「嗯喵？…………嗯喵啊啊啊啊啊啊啊啊啊啊啊！」

結花一發現我醒來，當場大聲尖叫。

她就這麼衝出房間，乒乒乓乓地跑到一樓去了。

……都深夜了，我這個未婚妻真有活力啊。

我無可奈何，爬出被窩，下樓走向客廳。

就在客廳的角落。

可以看見結花抱著腿，全身發抖。

「呃……今天這招，是什麼活動啊？」

「咿～～～～……我……我夜襲小遊，結果被發現了……！因為得到當妻子的許可，就得寸進尺的糟糕結花被看見了……！」

呃～……看她這麼害怕，這麼說實在不好意思。

可是妳做的事情和平常也沒什麼差好嗎？

就這樣——看著這個一如往常天真無邪又少根筋的結花。

我有種感覺……就好像擺脫了附身的鬼怪。

直到不久之前，我都以父母離婚或是與來夢的糾葛等各式各樣的事情為由——堅決再也不和三次元女生談戀愛。

這種做法就只是找各種藉口，自己在「拘束」自己啊。

為了讓自己不再受傷害，為了遮掩自己脆弱的心。

我是在怪罪過去，束縛自己的心意和行動……藉此逃避。一定是這樣。

可是，今天——和岳父談過，讓我想通了。

對於結奈，我到現在仍然是全宇宙最愛她。

對於為她配音的和泉結奈，我也是比這世上的任何人都更支持她。

然而，綿苗結花——

不是因為她屬於什麼二．五次元或是我推角的聲優，不是為了這樣的理由……就只是——

——因為純粹愛著她。

我心想，以後要對自己的心意更坦率一些。

「結花，妳把頭轉過來。」

「咿～～～……人家是壞孩子，要被罵了啦～～～～……」

「我不會罵妳啦。來，快點……看過來？」

「……嗚喵。」

結花用貓語回答後，戰戰兢兢地朝我露出臉。

我的手臂輕輕繞到結花背上。

將結花擁進懷裡——

在她脣上——輕輕一吻。

「…………嗚喵啊啊啊啊！」

結花猛然分開，滿臉通紅地胡亂揮動手腳掙扎，就這麼倒到地毯上。

結花平常都用很離譜的方式進攻，可是被進攻就好弱喔。

「咦？小……小遊跟我……親親了嗎？」

「呃，以前也親過吧……」

「親是親過！可是小遊主動親我……還是第一次嘛！」

被她正面這麼一說，就連我都會跟著難為情，真希望她別這樣。

雖然的確是這樣沒錯。

以前都是出於意外或是被結花親，又或者在結花的央求下才親……像這樣主動去親她，還是第一次。

「不喜歡嗎？」

「哪……哪會不喜歡嘛！……超級開心。」

唔～～——結花噘著嘴脣，往上看著我的模樣實在太惹人憐愛。

於是我將這樣的結花——再次緊緊抱住。

「喵啊啊啊啊啊！小……小遊～～你這樣服務太過剩了啦～～！」

「才不是服務好嗎？我就只是——很想緊緊抱住妳。」

「呀啊啊啊啊啊啊！小遊說起甜言蜜語了～～～～！」

……呃，結花，妳把我當什麼來著了？

雖然我平常都在忍耐，但我……也會有想要緊緊抱住結花的時候啊。

我把手放到不懂我的結花的下巴上。

將她的臉挪過來和我對看。

「結花，每次都很謝謝妳……我最喜歡妳了。我愛妳。」

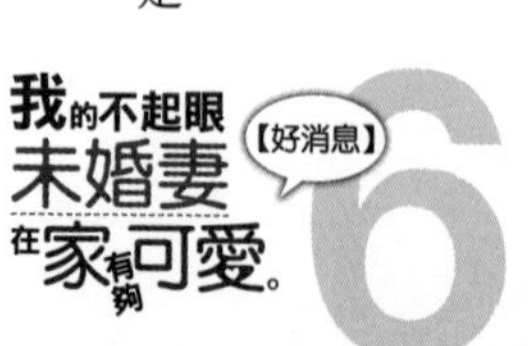

「啊……啊嗚嗚嗚嗚……我……我也……最喜歡小遊了……」

結花發出顯得有夠退縮的怪聲，讓我覺得更滑稽了。

我跟她面對面，卻「啊哈哈」地忍俊不禁。

「……哼～～不要笑我啦，真是的。」

「抱歉抱歉。因為妳有夠慌的，好好玩——」

——這一瞬間。

一種柔軟又甜美的物體輕輕碰上我的嘴脣。

我嚇了一跳而僵在原地，結花就迅速把臉挪遠。

然後開心地伸出舌頭——說了：

「這是回敬你！小遊大笨蛋～～……嘻嘻嘻，最喜歡你了！」

☆和你一起，變得成熟一點點☆

——唔嘿！

——唔嘿嘿嘿嘿嘿！

要是被別人看到，說不定會被當成有點怪的人，可是……唔嘿嘿！

我就是太高興了，有什麼辦法嘛。

我——綿苗結花，就這麼在自己的房間裡抱著坐墊滾來滾去。

昨天晚上的事……該不會是在作夢吧？

可是，被小遊親的時候，那個感覺……好真實地留在記憶裡。

「小遊主動親我了……唔嘿嘿。這樣子，人家會融化啦～～」

我陶醉在小遊那個吻的餘韻裡，變得像是融化的冰淇淋——忽然間手機震動。

啊，是電話……而且打來的人是蘭夢師姊！

「您好！我是結奈！」

『早啊，結奈──方便講電話嗎？』

之後我和蘭夢師姊談了工作的事情。

像是談到情人節就快到了，能不能就這方面來宣傳「飄搖★革命 with 油」。

還有掘田姊也加入而變成三個人後，談話時又要怎麼主持之類。

──情人節啊。

『……結奈，妳剛剛是不是有點在發呆？』

「咦！沒……沒有吧，沒有那種事情～～」

『妳八成是對情人節這個詞彙起了反應吧？』

「呼咦！蘭夢師姊是超能力者嗎？」

『……只是妳太好懂而已。』

電話另一頭傳來嘆氣的聲音。

啊嗚……對不起，蘭夢師姊。我真的好單純。

『妳是在想像把親手做的巧克力送給妳「弟弟」的情形嗎？』

「呃～～……這也是有。但其實……情人節也是我的生日呢！」

沒錯。

二月十四日是情人節的同時──也是我誕生的日子！

『原來如此啊。既然這樣就更不用說，妳會期待這個日子，這種心情我也不是不懂。』

「是！雖然對於剛剛分心很對不起……二月十四日，對我來說是很特別的日子，所以一時忍不住就……」

『——妳這樣也沒什麼不好吧。我從發誓要像真伽惠那樣登上高峰的那一天起——無論情人節還是生日都不再慶祝。可是，妳……就是要去享受這一切，用妳的方式一直奔跑下去吧？』

呃……被說得這麼誇張，我也不太好意思承認。

不管是情人節、生日，還是其他各式各樣的日子，我都很期待。

因為我認為如果這樣可以讓我和大家一起露出笑容——那就是最棒的事情。

『……期盼妳和妳「弟弟」可以度過很棒的一天。那就這樣了，結奈。』

「啊，好的！謝謝妳的聯絡——蘭夢師姊！」

我拿著手機一鞠躬。

然後掛斷電話，坐到房間裡的椅子上。

二月十四日，我將滿十七歲，離長大更近了一些。

能和最喜歡的小遊一起度過這麼美妙的一天……讓我深刻感受到自己真的好幸福。

「……跟爸打招呼時的小遊好帥喔。」

☆和你一起，變得成熟一點點☆

我喃喃自語——拿起放在桌上的「談戀愛的死神」給我的粉絲信。

他是一直支持我的「談戀愛的死神」。

是一直讓我露出笑容的佐方遊一。

是心中有個「寂寞小孩」的——小遊。

包括這一切——我都愛著你。

所以，今後……我們也要一起笑著過下去喔，小遊！

★就像野外盛開的花★

「……期盼妳和妳『弟弟』可以度過很棒的一天。那就這樣了，結奈。」

我這麼說完，掛斷電話後，視線不經意在自己鴉雀無聲的房間裡掃過一圈。

牆上貼著真伽惠模特兒時期的海報。

桌上排開以前我熱衷於演戲時的劇本。

我看著這樣的光景，在在感受到——

啊啊，我真的就是——紫之宮蘭夢啊。

——我從以前就對演戲很拿手。

正因為這樣，我才會盼望能透過演戲帶給許多人夢想。

然後我嚮往真伽惠的人生……發誓要把人生的一切賭在「演戲」上。

我發誓作為聲優紫之宮蘭夢，無論演戲、歌唱、表演……一切都要登峰造極。

要登上頂點。

但同時……演戲也是那個弱小的我的象徵。

我到現在仍然害怕走下舞臺，展露自己的本心。

所以不知不覺——我開始把現實也當成舞臺。

戴上「笑容」的面具，笑咪咪地對旁人陪笑……我選擇「假裝」成這樣的人活下去。

結果連我重視的人都被我傷害了——所以連我自己都只能說這樣實在很愚昧。

然而，時鐘的指針不會往回走。

我要用這披掛「夢想」的紫之宮蘭夢的模樣——在舞臺上盡情綻放。

因為除此之外，我不知道還能如何去過自己的人生。

「……啊啊，差不多該去錄音了。」

東西已經收拾完畢，所以將手機放進包包後，直接走出房間，下了樓梯。

一樓有母親經營的咖啡館。

「喔喔，來夢，妳要出門啊？」

坐在吧檯區的一名熟客看見我，跟我說話。

所以我戴上「笑容」的面具——笑咪咪地回答：

「是啊～～別看我這樣，我可是很忙的喔。」

一走出店門口，陽光就格外強烈。

店面旁開著黃色的天竺葵。

——在這樣的地方，明明沒有得到什麼像樣的照顧，天竺葵卻如此堅強地綻放。

希望能像這種在野外盛開的花朵一樣。

我由衷心想，希望自己也能綻放得強而有力。

……………啊啊，對了，我第一次與她邂逅就是在這裡啊。

不是與和泉結奈——是與綿苗結花。

不是以紫之宮蘭夢的身分——而是以野野花來夢的身分。

得知多虧了結奈，她的「弟弟」——遊一過得很好，讓我那天開心得……簡直不像自己。

別看我這樣，我喜歡佐方遊一這個男生的心意，是真的。

遊一對我表白的時候，我覺得開心，也是真的。

可是，即使如此——我還是選擇了「演戲」。

無論是自己的感情，還是他對我懷有好感的心意，這一切我都捨棄了。

如果我這樣傷害到的遊一能和別人過得幸福……那是再好不過。

而且——我自己認為對和泉結奈來說，認識遊一也是很好的轉機。

我在經紀公司剛認識時的結奈，始終滿腦子都想著一個叫作「談戀愛的死神」的粉絲，讓我擔心得不得了。

粉絲的確很棒。

但同時，和粉絲有過度的連結——對聲優而言難保不會變成致命傷。

所以……如果結奈始終那麼熱衷於「談戀愛的死神」……

我想必——不會原諒她吧。

後記

【好消息】本作推出ＡＳＭＲ語音劇！

各位讀者，非常感謝大家平常的支持，我是氷高悠。

在以往的作家生涯中不曾見過的第六集這個數字，讓我切身體認到這個系列受到讀者的喜愛，每天都只有滿滿的感謝。

椀田くろ老師所畫的漫畫版《好消息》第一集已經發售了！可以看到結花他們栩栩如生跑來跑去的模樣，真的是一本非常棒的漫畫。還請各位讀者支持小說的同時，也能支持漫畫版《好消息》！

再來——ＡＳＭＲ語音劇版的《好消息》竟然也確定要發售了！

由日高里菜小姐配音的結花充滿了活力，又天真無邪，光是聽到她在耳邊說話，就能得到活力。這次是我第一次有幸參加錄音現場，而她就把居家結花、學校款結花、和泉結奈這三種面貌

都詮釋得恰如其分。

我親身感受到了聲優的演技有多厲害——真的非常感謝！

由伊藤美來小姐飾演結花的《好消息》ＰＶ與有聲漫畫，也繼續在網路上公開。這些作品也充滿了很有結花風格的體貼與純真，是非常棒的作品，如果各位讀者願意去看看聽聽，那就太令人高興了！

接下來的內容會透露第六集的劇情，還請從後記看起的讀者們留意。

第六集的主題是「真相」。遊一與結花婚事的真相，以及他與來夢那段過往的真相都將揭曉。對阿雅來說也是，他將在本集得知遊一與結花關係的真相。

遊一因為父母離婚，以及國三發生的事，對於和三次元女生談戀愛這件事劃地自限。而他將重新審視自己——面對結花的父親。《好消息》以「結婚」為主題，與岳父見面自是避無可避的一大事件。如果各位讀者願意溫暖地守候遊一面對這個考驗，做出覺悟的過程，那就太令人感到欣慰了。

而在第六集，野野花來夢終於首次登場。

令人難以捉摸的她身上藏著最後的——真相。有這樣的來夢加入登場人物陣容，《好消息》第七集以後也將愈來愈熱鬧，敬請各位讀者期待！

最後是致謝。

たん旦老師，居家結花與學校款結花的雙和服插畫實在太美妙了，非常謝謝您。學校款結花的表情也有些稚氣，讓我感慨萬千地覺得她在外頭也漸漸能表露出真實的自己了。今後也請繼續多多關照！

T責編，以及從這次開始擔任副責編提供協助的N氏，每次都勞煩各位協助，非常感謝。讓我們繼續帶動《好消息》熱潮吧！

負責漫畫版的椀田くろ老師、在ASMR語音劇裡演出的日高里菜小姐，以及「m·i·m·i·c·l·e」的各位、還幫漫畫版第一集的書腰寫下評語的伊藤美來小姐，由衷感謝大家為《好消息》激發出了新的魅力！

參與本系列作品的所有各方人士。

創作路上認識的各位，朋友、前輩、後輩、家人。

以及所有讀者。

我希望第七集以後也能繼續一步步描寫遊一與結花的成長。期待我們還能再下一集再見！

冰高　悠

國家圖書館出版品預行編目資料

【好消息】我的不起眼未婚妻在家有夠可愛。/
氷高悠作 ; 邱鍾仁譯. -- 初版. -- 臺北市 : 臺灣
角川股份有限公司, 2023.07-
冊 ;　公分. -- (Kadokawa fantastic novels)
譯自 : 【朗報】俺の許嫁になった地味子、家
では可愛いしかない。
ISBN 978-626-352-692-1(第6冊 : 平裝)

861.57　　　　112001584

Kadokawa
Fantastic
Novels

【好消息】我的不起眼未婚妻在家有夠可愛。 6

（原著名：【朗報】俺の許嫁になった地味子、家では可愛いしかない。 6）

2023年7月5日　初版第1刷發行

作　者：氷高悠
插　畫：たん旦
譯　者：邱鍾仁

發行人：岩崎剛人
總編輯：蔡佩芬
編　輯：孫千棻
美術設計：宋芳茹
印　務：李明修（主任）、張加恩（主任）、張凱棋

發行所：台灣角川股份有限公司
地　址：104台北市中山區松江路223號3樓
電　話：（02）2515-3000
傳　真：（02）2515-0033
網　址：www.kadokawa.com.tw
劃撥帳戶：台灣角川股份有限公司
劃撥帳號：19487412
法律顧問：有澤法律事務所
製　版：巨茂科技印刷有限公司
ISBN：978-626-352-692-1